Khalil Gibran

DIE GEBROCHENEN FLÜGEL

Eine tragische Liebesgeschichte

Khalil Gibran

DIE GEBROCHENEN FLÜGEL

Eine tragische Liebesgeschichte

Bibliografische Information der Deutschen Nationalbibliothek: Die Deutsche Nationalbibliothek verzeichnet diese Publikation in der Deutschen Nationalbibliografie; detaillierte bibliografische Daten sind im Internet über http://dnb.dnb.de abrufbar.

© 2025 aionas verlag
Khalil Gibran • Die gebrochenen Flügel
Übersetzung: Alexander Varell

aionas Verlag, Böhlaustraße 9, 99423 Weimar
Druck: Libri Plureos GmbH, Friedensallee 273, 22763 Hamburg
ISBN: 978-3-96545-091-2

INHALT

PROLOG

Ich war achtzehn, als die Liebe mir die Augen öffnete – mit ihrem magischen Licht, das meinen Geist zum ersten Mal wie feurige Finger auf stummer Haut berührte. Selma Karamy war die Erste, die meine Seele mit ihrer Schönheit erweckte, die mich in den Garten einer Zuneigung führte, in der Tage zu Träumen wurden und Nächte wie Hochzeiten vergingen.

Selma Karamy war es, die mich lehrte, Schönheit um ihrer selbst willen zu lieben, die mir durch ihre Zärtlichkeit das Geheimnis der Liebe offenbarte. Sie war die erste, die mir die Poesie des wirklichen Lebens vorsang.

Jeder junge Mann erinnert sich an seine erste Liebe. Er versucht, diesen seltsamen Moment einzufangen, jenen Augenblick, der sein tiefstes Empfinden für immer verändert – eine Erinnerung, süß und schmerzlich zugleich, die ihn trotz aller Bitterkeit glücklich macht.

Im Leben eines jeden gibt es eine „Selma" – eine, die unvermittelt im Frühling des Lebens erscheint, die Einsamkeit mit Licht füllt, die Stille der Nächte mit Musik.

Ich war versunken in Gedanken, suchte die Bedeutung der Natur, das Geheimnis in Büchern und Schriften, als ich zum ersten Mal das Wort LIEBE hörte – geflüstert von Selmas Lippen. Mein Leben war ein Koma, leer und schwebend wie das Leben Adams im Paradies, bis Selma vor mir stand – eine Lichtsäule in der Dämmerung meines Daseins. Sie war die Eva meines Herzens, die es mit Wundern füllte, mit einem Sinn, den ich zuvor nicht kannte.

Die erste Eva führte Adam aus dem Paradies. Selma jedoch, mit ihrer Sanftheit und Liebe, ließ mich eintreten in ein Paradies reiner Zuneigung. Doch was Adam widerfuhr, geschah auch mir: Ein einziges Wort, scharf wie eine Klinge, ließ mich stürzen, trieb mich hinaus aus meinem Paradies – und das, ohne ein Gebot zu missachten, ohne die verbotene Frucht je zu kosten.

Heute, nach all den Jahren, ist nichts von diesem schönen Traum geblieben – nichts als schmerzliche Erinnerungen, die wie unsichtbare Flügel um mich flattern, mein Herz mit Trauer füllen und mir Tränen in die Augen treiben. Meine geliebte, meine schöne Selma ist fort, und nichts erinnert mehr an sie – außer meinem gebrochenen Herzen und einem Grab, das Zypressen säumen. Dies Grab und dieses Herz sind alles, was von ihr geblieben ist.

Die Stille, die über dem Grab wacht, gibt Gottes Geheimnis nicht preis. Das Flüstern der Äste, deren Wurzeln die Elemente eines Körpers umschließen, verrät nichts vom Mysterium des Todes. Doch durch das Seufzen meines Herzens verkünden sie den Lebenden das Drama, das Liebe, Schönheit und Tod geschrieben haben.

Oh, Freunde meiner Jugend, die ihr in Beirut verstreut lebt – wenn ihr am Friedhof am Rande des Kiefernwaldes vorübergeht, tretet leise ein. Geht langsam, damit eure Schritte die Ruhe der Toten nicht stören. Bleibt stehen an Selmas Grab, grüßt die Erde, die sie umschließt, und flüstert meinen Namen mit gesenkter

Stimme. Sagt: „Hier wurden alle Hoffnungen Gibrans begraben, der jenseits der Meere als Gefangener der Liebe lebt. An diesem Ort verlor er sein Glück, trank seine Tränen und vergaß sein Lächeln."

Hier, an diesem Grab, wächst Gibrans Kummer mit den Zypressen, und jede Nacht flackert sein Geist über der Erde, um Selma zu gedenken. In den Zweigen der Bäume klingt sein Wehklagen, er trauert, klagt, ruft nach ihr – nach der, die einst eine Melodie auf den Lippen des Lebens war und nun ein stilles Geheimnis in der Tiefe der Erde.

Oh, Gefährten meiner Jugend! Ich bitte euch im Namen derer, die euer Herz geliebt hat: Legt einen Kranz auf das verlassene Grab meiner Geliebten. Denn die Blumen, die ihr für Selma niederlegt, sind wie Tautropfen, die im Morgengrauen auf die Blätter einer welkenden Rose fallen.

KAPITEL 1
STILLE TRAUER

Meine Freunde, ihr erinnert euch sicher mit Freude an die Anfänge der Jugend und beklagt ihr Ende; ich aber denke an sie wie ein Gefangener an seine Gitterstäbe, an die Fesseln seines Kerkers. Ihr sprecht von jenen Jahren zwischen Kindheit und Erwachsensein wie von einer goldenen Ära, frei von Enge und Sorgen. Doch für mich waren es Jahre stillen Kummers, ein Samenkorn, das in mein Herz fiel, mit ihm wuchs und keinen Zugang zur Welt des Wissens und der Weisheit fand – bis die Liebe kam, die Türen des Herzens aufstieß und seine dunklen

Winkel mit Licht erfüllte. Die Liebe gab mir eine Stimme – und Tränen.

Ihr erinnert euch an Gärten und Orangenhaine, an Plätze und Straßen, die eure Spiele kannten und euer leises Flüstern hörten. Auch ich erinnere mich – an einen wunderschönen Ort im Nordlibanon. Jedes Mal, wenn ich die Augen schließe, sehe ich jene Täler, durchtränkt von Magie und Würde, jene Berge, in Ruhm gehüllt, die sich dem Himmel entgegenstrecken. Und wenn ich mich vom Lärm der Stadt abwende, höre ich das Murmeln der Bäche und das Flüstern der Zweige. All diese Schönheiten, nach denen ich mich heute sehne wie ein Kind nach der Brust seiner Mutter, verwundeten einst meinen Geist. Gefangen in der Dämmerung meiner Jugend, litt ich wie ein Falke im Käfig, der durch die Gitterstäbe hindurch Vögel frei am Himmel kreisen sieht. Die Täler und Hügel entzündeten meine Fantasie, doch bittere Gedanken spannen ein Netz der Hoffnungslosigkeit um mein Herz.

Jedes Mal, wenn ich hinaus auf die Felder ging, kehrte ich enttäuscht zurück, ohne den Grund meiner Enttäuschung zu kennen. Jedes Mal, wenn mein Blick sich im grauen Himmel verlor, spürte ich, wie sich mein Herz zusammenzog. Jedes Mal, wenn ich das Singen der Vögel hörte, das Plätschern der Quellen, litt ich – ohne zu verstehen, warum. Man sagt, Unwissenheit mache den Menschen leer, und Leere mache ihn sorglos. Das mag für jene gelten, die tot geboren wurden, die wie gefrorene Leichen durch das Leben gehen. Doch der Junge, der viel fühlt und wenig weiß, ist das unglücklichste Geschöpf unter der Sonne, denn zwei Mächte ziehen ihn in entgegengesetzte Richtungen: Die eine hebt ihn empor, zeigt ihm durch einen Schleier aus Träumen die Schönheit der

Welt. Die andere fesselt ihn an die Erde, wirft Staub in seine Augen und überschattet ihn mit Angst und Dunkelheit.

Die Einsamkeit hat weiche, seidige Hände – doch ihre Finger sind stark, und wenn sie das Herz ergreifen, presst sie es mit Schmerz. Die Einsamkeit ist Schwester des Kummers und Gefährtin der Seele, wenn sie nach Erkenntnis sucht.

Die Seele eines jungen Menschen, gezeichnet von Kummer, gleicht einer weißen Lilie, die eben erst ihre Blüten entfaltet. Sie bebt im Wind, öffnet ihr Herz dem ersten Licht des Tages und schließt sich wieder, wenn der Schatten der Nacht naht. Wenn ein Junge in seinen Spielen keine Zerstreuung, keine Freunde oder Gefährten hat, wird sein Leben zu einem engen Gefängnis, in dem er nur Spinnweben sieht und das Krauchen der Insekten hört.

Doch der Kummer, der mich in meiner Jugend heimsuchte, entsprang nicht dem Fehlen von Zeitvertreib – den hätte ich mir schaffen können. Er rührte nicht von Einsamkeit her – Freunde hätte ich finden können. Nein, dieser Kummer war eine innere Krankheit, die mich zur Einsamkeit trieb. Sie tötete in mir die Freude an Spiel und Vergnügen, nahm mir die Flügel der Jugend von den Schultern. Sie machte mich zu einer stillen Pfütze zwischen Bergen – ein Spiegel, der die Schatten der Geister und die Farben der Wolken einfing, doch keinen Fluss fand, um singend dem Meer entgegenzuströmen.

So war mein Leben, bis ich achtzehn wurde. Jenes Jahr war der Gipfel meines Daseins. Es erweckte Wissen in mir, ließ mich die Höhen und Tiefen der Menschheit begreifen. In diesem Jahr wurde ich neu geboren – denn wer nicht neu geboren wird, dessen Leben bleibt ein leeres

Blatt im Buch der Existenz. In diesem Jahr sah ich die Engel des Himmels, die mich durch die Augen einer schönen Frau betrachteten. Ich sah auch die Teufel der Hölle, die im Herzen eines bösen Menschen tobten. Wer die Engel und Teufel nicht in der Schönheit und in der Bosheit des Lebens erkennt, bleibt fern vom Wissen – und seine Seele wird niemals wahre Zuneigung empfinden.

KAPITEL 2
DIE HAND DES SCHICKSALS

Im Frühling jenes wundervollen Jahres war ich in Beirut. Die Gärten leuchteten in voller Blüte, und die Erde war von jungem Grün bedeckt, als hätte sich dem Himmel ein uraltes Geheimnis der Erde offenbart. Die Orangen und Apfelbäume, die wie Huris oder Bräute erschienen – gesandt von der Natur, um Dichter zu inspirieren und die Fantasie zu beflügeln – trugen schneeweiße Gewänder aus duftenden Blüten.

Der Frühling ist überall schön, doch im Libanon ist er unvergleichlich. Er ist ein Geist, der die Welt durchstreift, aber über dem Libanon verweilt – mit Königen und Propheten spricht, mit den Flüssen die Lieder Salomons singt und mit den uralten Zedern den Ruhm der vergangenen Zeiten flüstert. Beirut, gereinigt vom Schlamm des Winters und befreit vom Staub des Sommers, gleicht einer Braut in ihrer ersten Blüte, einer Meerjungfrau, die am Rand eines Baches sitzt und ihr schimmerndes Haar im Licht der Sonne trocknet.

An einem dieser NisanTage besuchte ich einen Freund, dessen Haus abseits der geschäftigen Stadt lag. Während wir uns unterhielten, trat ein würdevoller Mann, etwa 65 Jahre alt, ein. Als ich aufstand, um ihn zu begrüßen, stellte mein Freund ihn mir als Farris Effandi Karamy vor und nannte ihm mit warmen Worten meinen Namen. Der alte Mann betrachtete mich einen Moment, legte die Fingerspitzen an seine Stirn, als wollte er eine vergessene Erinnerung wecken, und trat dann mit einem Lächeln näher.

„Sie sind der Sohn eines alten Freundes von mir", sagte er. „Ich freue mich, ihn in Ihnen wiederzuerkennen."

Seine Worte rührten mich tief, und eine unerklärliche Nähe zog mich zu ihm, wie ein Vogel instinktiv sein Nest sucht, wenn ein Sturm aufzieht. Als wir uns setzten, erzählte er von seiner Freundschaft mit meinem Vater, erinnerte sich an die Tage, die sie gemeinsam verbracht hatten. Alte Männer erinnern sich gern an ihre Jugend wie Heimatlose an das Land ihrer Kindheit, erzählen ihre Geschichten mit der Freude eines Dichters, der sein schönstes Lied singt. Sie leben in der Vergangenheit, weil die Gegenwart zu flüchtig ist und die Zukunft sie nur dem Vergessen des Grabes näherzubringen scheint.

Die Zeit verstrich wie der Schatten der Bäume über einer Wiese, und als Farris Effandi sich verabschiedete, legte er seine linke Hand auf meine Schulter, drückte meine rechte und sagte: „Seit zwanzig Jahren habe ich Ihren Vater nicht gesehen. Ich hoffe, dass Sie seinen Platz einnehmen und mich oft besuchen."

Dankbar versprach ich, dieser Bitte nachzukommen – einem Freund meines Vaters und einem Mann, dessen Stimme nach Ehrlichkeit klang.

Als er gegangen war, wandte ich mich an meinen Freund und bat ihn, mir mehr über ihn zu erzählen.

„Ich kenne keinen anderen Mann in Beirut, dessen Reichtum ihn freundlich gemacht hat und dessen Freundlichkeit ihn reich machte." sagte er. „Er gehört zu den wenigen, die diese Welt betreten und wieder verlassen, ohne ihr Schaden zuzufügen. Doch Menschen wie er sind meist unglücklich, weil sie nicht die List besitzen, sich vor der Bosheit anderer zu schützen. Farris Effandi hat eine Tochter, die seinen edlen Charakter teilt. Sie ist von unvergleichlicher Schönheit und Anmut – doch auch sie wird unglücklich sein, denn der Reichtum ihres Vaters hat sie bereits an den Rand eines Abgrunds geführt."

Während er sprach, verdüsterte sich sein Gesicht. Nach einem kurzen Schweigen fuhr er fort: „Farris Effandi ist ein ehrenwerter Mann mit einem reinen Herzen, aber ohne Willenskraft. Andere lenken ihn wie einen Blinden. Seine Tochter gehorcht ihm, obwohl sie stolz und klug ist – und genau dieser blinde Gehorsam birgt ein schreckliches Geheimnis. Ein böser Mann hat es entdeckt – ein Bischof, der seine Bosheit hinter den Schatten seines Evangeliums verbirgt. Er gibt sich als gütig aus, als edel, als Führer der Menschen, doch in Wahrheit führt er sie wie eine Herde Lämmer dem Schlachthof entgegen. Dieser Bischof hat einen Neffen, einen Mann voller Verderbnis und Hass. Früher oder später wird der Tag kommen, an dem der Bischof seinen Neffen zur Rechten und Farris Effandis Tochter zur Linken stellt – und mit kalter Hand den Kranz der Ehe über ihre Köpfe hält. Er wird eine reine Jungfrau mit einem verdorbenen Geist verbinden, das Licht des Morgens in die Finsternis der Nacht betten.

Das ist alles, was ich dir über Farris Effandi und seine Tochter erzählen kann, also stell mir keine weiteren Fragen."

Während er das sagte, wandte er den Blick zum Fenster, als suche er in der Weite des Himmels eine Antwort auf die Rätsel der menschlichen Existenz – als wolle er dem Schicksal entkommen, indem er sich an der Schönheit des Universums festhält.

Als ich das Haus verließ, sagte ich meinem Freund, dass ich Farris Effandi in ein paar Tagen besuchen würde, um mein Versprechen einzulösen – aus Respekt vor der Freundschaft, die ihn und meinen Vater einst verband. Er sah mich für einen Moment unverwandt an, und eine subtile Veränderung huschte über sein Gesicht, als hätten meine einfachen Worte eine neue, unerwartete Erkenntnis in ihm geweckt. Dann richtete er seinen Blick direkt auf mich – ein seltsamer Ausdruck in seinen Augen, eine Mischung aus Liebe, Barmherzigkeit und Furcht. Es war der Blick eines Propheten, der eine Wahrheit erkennt, die sonst niemand ahnt.

Seine Lippen bebten leicht, doch er sprach kein Wort, während ich mich zur Tür wandte. Und als ich hinausging, spürte ich, wie sein Blick mir folgte – ein Blick, dessen Bedeutung mir damals verborgen blieb, den ich jedoch später verstand, als mich die Erfahrung lehrte, dass Herzen einander ohne Worte verstehen können und dass wahre Erkenntnis erst dort reift, wo Geist und Seele gewachsen sind.

KAPITEL 3

PFORTE ZUM SCHREIN

Nach ein paar Tagen überkam mich die Einsamkeit, und ich hatte die starren Gesichter der Bücher satt. Ich mietete eine Kutsche und machte mich auf den Weg zum Haus von Farris Effandi. Als wir den Kiefernwald erreichten, wo die Menschen ihre Picknicks abhielten, lenkte der Kutscher die Droschke auf einen schmalen Privatweg, den von beiden Seiten hohe Weiden überschatteten. Während wir hindurchfuhren, offenbarte sich mir die Pracht des Frühlings: grünes Gras, das sich wie ein Teppich ausrollte, Weinreben, die sich in zarten Bögen wanden, und Blumen in allen Farben, die ihre ersten Blüten öffneten.

Nach einigen Minuten hielt die Droschke vor einem einsamen Haus, das mitten in einem weitläufigen Garten lag. Der Duft von Rosen, Gardenien und Jasmin erfüllte die Luft wie eine unsichtbare Melodie. Ich stieg aus, betrat den Garten und sah Farris Effandi, der mir mit freundlichem Lächeln entgegenkam. Er führte mich ins Haus und setzte sich neben mich, mit der Herzlichkeit eines Vaters, der seinen Sohn nach langer Zeit wiedersieht. Er überschüttete mich mit Fragen über mein Leben, meine Zukunft, meine Bildung. Ich antwortete mit einer Stimme voller Eifer und Tatendrang, denn in meinen Ohren klang die Hymne des Ruhms, und ich segelte auf dem stillen Meer hoffnungsvoller Träume.

In diesem Moment erschien eine junge Frau hinter den Samtvorhängen der Tür. Sie trug ein weißes Seidenkleid, das im Licht schimmerte, und bewegte sich mit jener unbewussten Anmut, die mehr ist als bloße Schönheit. Als sie näher trat, erhoben sich Farris Effandi und ich von unseren Plätzen.

„Das ist meine Tochter Selma", sagte der alte Mann. Dann wandte er sich an sie und fügte hinzu: „Das Schicksal hat mir in der Person seines Sohnes einen alten Freund zurückgebracht."

Selma sah mich einen Moment an, als würde sie zweifeln, dass ein Fremder tatsächlich ihr Haus betreten hatte. Als ich ihre Hand berührte, fühlte sie sich an wie eine weiße Lilie, kühl und sanft – und ein seltsamer Schmerz durchzuckte mein Herz.

Wir saßen schweigend da, als hätte Selma mit ihrem stillen Geist eine Atmosphäre mitgebracht, die Ehrfurcht verlangte. Dann lächelte sie mich an, als spüre sie, dass die Stille zu schwer wurde, und sagte:

„Viele Male hat mir mein Vater von seiner Jugend erzählt, von den Tagen, die er mit Ihrem Vater verbrachte. Wenn Ihr Vater auf ähnliche Weise mit Ihnen gesprochen hat, dann ist dies nicht unser erstes Treffen."

Der alte Mann freute sich über ihre Worte und sagte: „Selma ist sehr sentimental. Sie sieht die Welt mit den Augen des Geistes." Dann nahm er das Gespräch wieder auf, vorsichtig und mit Bedacht, als hätte er in mir eine Magie entdeckt, die ihn auf den Flügeln der Erinnerung in die Vergangenheit trug.

Ich beobachtete ihn und dachte an meine eigenen späteren Jahre, während er mich ansah wie ein hoher, wettergegerbter Baum, der seinen Schatten auf einen jungen Setzling wirft, der im Morgenwind erzittert.

Doch Selma schwieg. Gelegentlich wanderte ihr Blick zwischen mir und ihrem Vater hin und her, als würde sie in unseren Gesichtern die ersten und letzten Kapitel eines Lebensdramas lesen.

Der Tag verging rasch in diesem Garten, und durch das Fenster konnte ich sehen, wie die Sonne mit ihrem geisterhaften, goldenen Kuss die Gipfel des Libanon streifte. Farris Effandi erzählte weiter von seinen Erlebnissen, und ich hörte mit solcher Aufmerksamkeit zu, dass sich seine Melancholie in Freude wandelte.

Selma saß am Fenster, sah hinaus mit Augen, in denen eine stille Traurigkeit lag. Sie sprach nicht, doch Schönheit besitzt ihre eigene himmlische Sprache – erhabener als jede Stimme, reiner als Worte. Sie ist eine zeitlose Sprache, die allen Menschen gemeinsam ist, ein ruhiger See, in dem sich die singenden Bäche verlieren und verstummen.

Nur unser Geist kann Schönheit begreifen, mit ihr leben, mit ihr wachsen. Sie verwirrt den Verstand, entzieht sich den Worten. Sie ist eine Empfindung, die das Auge nicht erfassen kann, ein Licht, das von demjenigen ausgeht, der sie betrachtet, und gleichzeitig von demjenigen, der betrachtet wird. Wahre Schönheit ist ein Strahl, der aus dem Allerheiligsten des Geistes kommt und den Körper erleuchtet – so wie das Leben aus der Tiefe der Erde steigt, um einer Blume Farbe und Duft zu verleihen.

Wahre Schönheit liegt in jener spirituellen Übereinstimmung, die man Liebe nennt und die zwischen Mann und Frau existieren kann.

Haben mein Geist und Selmas Geist einander an jenem Tag berührt? War es diese unausgesprochene Sehnsucht, die sie mir als die schönste Frau unter der Sonne erscheinen ließ? Oder war es nur der Wein der Jugend, der mich betrog, mich etwas sehen ließ, das nie existierte? Hat meine Jugend meine Augen getäuscht, mich glauben lassen, ihre Augen leuchteten heller, ihr Mund sei süßer, ihre Gestalt anmutiger, als sie es wirklich war? Oder war es ihre Helligkeit, ihre Süße, ihre Anmut, die mir tatsächlich die Augen öffneten – und mir das Glück und das Leid der Liebe offenbarten?

Es ist schwer, diese Fragen zu beantworten, doch eines weiß ich gewiss: In jener Stunde fühlte ich eine Regung, die ich nie zuvor gekannt hatte – eine neue Zuneigung, die still in meinem Herzen ruhte, wie der Geist, der einst bei der Erschaffung der Welt über den Wassern schwebte. Und aus dieser Zuneigung erwuchsen mein Glück und mein Leid. So endete meine erste Begegnung mit Selma – und so befreite mich der Wille des Himmels von der Knechtschaft der Jugend und der Einsamkeit, um mich auf den Pfad der Liebe zu führen.

Liebe ist die einzige wahre Freiheit in dieser Welt, denn sie erhebt den Geist über alle Gesetze der Menschen und die Launen der Natur. Sie allein kennt keine Schranken.

Als ich mich erhob, um zu gehen, trat Farris Effandi an mich heran und sagte ernst: „Nun, mein Sohn, da du den Weg zu diesem Haus gefunden hast, sollst du oft kommen und dich fühlen, als kehrtest du in das Haus deines Vaters zurück. Betrachte mich als Vater – und Selma als deine Schwester.“

Während er sprach, wandte er sich an Selma, als wolle er seine Worte durch ihren Blick bekräftigen. Sie nickte sanft und sah mich dann an, mit einem Ausdruck, als hätte sie einen alten Bekannten wiedergefunden, jemanden, den sie einst kannte, lange bevor dieses Leben begann.

Diese Worte von Farris Effandi stellten mich Seite an Seite mit seiner Tochter – auf dem Altar der Liebe. Sie klangen wie ein himmlisches Lied, das mit Begeisterung begann und in Kummer endete, ein Gesang, der unsere

Seelen emporhob ins Reich des Lichts – und der sengenden Flamme. Sie waren der Kelch, aus dem wir sowohl Glück als auch Bitterkeit tranken.

Ich verließ das Haus. Der alte Mann begleitete mich bis an den Rand des Gartens, während mein Herz schlug wie die bebenden Lippen eines durstigen Mannes.

KAPITEL 4
DIE WEISSE FACKEL

Der Monat Nisan neigte sich dem Ende zu. Ich besuchte weiterhin das Haus von Farris Effandi, traf Selma in jenem verzauberten Garten, betrachtete ihre Schönheit, bewunderte ihren Geist und hörte die Stille ihres Kummers. Ich spürte, wie eine unsichtbare Kraft mich zu ihr zog, sanft, aber unaufhaltsam.

Jeder Besuch offenbarte mir eine neue Facette ihrer Schönheit, einen tieferen Einblick in ihre Seele, bis sie mir wie ein Buch erschien, dessen Seiten ich lesen und preisen konnte, das ich aber niemals ganz zu Ende verstehen würde. Eine Frau, die von der Vorsehung mit Schönheit an Körper und Geist gesegnet wurde, ist zugleich eine offenbarte und eine verborgene Wahrheit – eine Wahrheit, die nur durch Liebe begriffen und nur durch Tugend berührt werden kann. Und doch entzieht sie sich jeder Beschreibung, schwindet wie Dunst vor der aufgehenden Sonne, wenn man sie mit Worten festzuhalten versucht.

Selma Karamy war schön – doch wie könnte ich ihre Schönheit jemandem beschreiben, der sie nie gesehen hat? Kann ein Toter den Gesang einer Nachtigall, den

Duft einer Rose oder das Seufzen eines Baches erinnern? Kann ein Gefangener, dessen Glieder in schweren Ketten liegen, der kühlen Brise der Morgendämmerung folgen? Ist Schweigen nicht oft schmerzhafter als der Tod? Ist es Stolz, der mich daran hindert, Selma in einfachen Worten zu beschreiben, weil kein Wort sie in all ihren Farben und Schattierungen wiedergeben kann? Ein Hungriger in der Wüste wird nicht das trockene Brot verweigern, wenn der Himmel ihm kein Manna schenkt.

In ihrem weißen Seidenkleid glich Selma einem Mondstrahl, der durch ein Fenster gleitet. Ihre Bewegungen waren fließend, ihr Gang anmutig, ein sanfter Rhythmus, als würde sie mit dem Wind tanzen. Ihre Stimme war leise und süß, und ihre Worte fielen von ihren Lippen wie Tautropfen, die von einer Blüte herabrinnen, wenn der Wind sie sanft erschüttert.

Doch ihr Gesicht – kein Wort vermag den Ausdruck zu schildern, den es trug: ein Abbild stillen Leidens, das sich in himmlischer Erhabenheit spiegelte.

Selmas Schönheit war keine, die sich in klassischen Maßen erfassen ließ. Sie war wie eine Vision, eine Offenbarung, unmöglich zu messen, unmöglich, sie mit dem Pinsel eines Malers oder dem Meißel eines Bildhauers nachzubilden. Ihr goldenes Haar war nicht das Geheimnis ihrer Schönheit, sondern die Reinheit, die es umgab. Ihre Augen bezauberten nicht durch ihre Größe, sondern durch das Licht, das aus ihnen strahlte. Ihre Lippen waren nicht bloß rot, sondern trugen in sich die Süße ihrer Worte. Ihr elfenbeinfarbener Hals war nicht vollkommen durch seine Form, sondern durch die leichte Neigung, mit der er ihr Wesen verriet. Auch lag ihre Anmut nicht allein in ihrer Gestalt, sondern in der Erhabenheit ihres

Geistes, der wie eine weiße Fackel zwischen Himmel und Erde brannte. Ihre Schönheit war eine Gabe der Poesie, doch Dichter sind oft jene, die das Unglück berührt – denn so hoch ihr Geist auch steigen mag, er wird immer von einem Schleier aus Tränen umhüllt sein.

Selma war mehr nachdenklich als gesprächig, und ihr Schweigen hatte die Kraft einer Melodie – eine unhörbare Musik, die einen in eine Welt der Träume entführte, die einen dazu brachte, dem eigenen Herzschlag zu lauschen, den Schatten der eigenen Gedanken gegenüberzutreten und ihnen tief in die Augen zu sehen.

Ihr ganzes Leben schien von einem feinen Schleier des Kummers umhüllt, der ihre geheimnisvolle Schönheit nur noch verstärkte – so wie ein blühender Baum, der durch den Nebel der Morgendämmerung betrachtet wird, noch anmutiger erscheint.

Es war dieser Kummer, der ihre Seele mit der meinen verband, als könnten wir in den Augen des anderen lesen, was unsere Herzen fühlten, als hörten wir beide das Echo einer verborgenen Stimme. Gott hatte uns zu einem einzigen Wesen gemacht, und eine Trennung konnte nur Schmerz bedeuten.

Der traurige Geist findet Trost, wenn er auf einen gleichgesinnten trifft. So vereinen sie sich, wie zwei Fremde, die in einem fremden Land aufeinandertreffen und einander instinktiv erkennen. Herzen, die durch Kummer zusammengeführt werden, können nicht durch das Glitzern des Glücks getrennt werden. Liebe, die durch Tränen gereinigt wurde, bleibt unvergänglich – rein und schön, wie eine Flamme, die niemals verlischt.

KAPITEL 5

DER STURM

Eines Tages lud mich Farris Effandi zum Abendessen in sein Haus ein. Ich nahm die Einladung an, denn mein Geist dürstete nach dem göttlichen Brot, das der Himmel in Selmas Hände gelegt hatte – jenem spirituellen Brot, das umso mehr Hunger entfacht, je mehr man davon kostet. Es war dasselbe Brot, von dem Kais, der arabische Dichter, aß, das Dante und Sappho gekostet hatten, das ihre Herzen in ferne Welten trieb – ein Brot, das die Göttin mit der Süße von Küssen und der Bitterkeit von Tränen zubereitet hatte.

Als ich das Haus von Farris Effandi erreichte, sah ich Selma auf einer Bank im Garten sitzen, den Kopf an einen Baum gelehnt, ihr weißes Seidenkleid schimmernd wie das Gewand einer Braut. Sie wirkte wie eine stumme Wächterin, die über diesen Ort gebot.

Leise, ehrfürchtig näherte ich mich und setzte mich neben sie. Ich konnte nicht sprechen; also hüllte ich mich in Schweigen – die einzige Sprache des Herzens. Doch ich fühlte, dass Selma meinem wortlosen Ruf lauschte, dass sie in meinen Augen den Geist meiner Seele erkannte.

Nach einigen Minuten trat der alte Mann aus dem Haus, begrüßte mich wie gewohnt und reichte mir die Hand. In diesem Moment spürte ich, als segne er all die unausgesprochenen Geheimnisse, die zwischen mir und seiner Tochter schwebten. Dann sagte er: „Das Abendessen ist fertig, meine Kinder – lasst uns essen.“

Wir erhoben uns, und ich sah, wie Selmas Augen aufleuchteten, als wäre ihrer Liebe ein neuer Funke geschenkt worden. Ihr Vater hatte uns seine Kinder genannt.

Wir saßen am Tisch, aßen und tranken von altem Wein, doch unsere Gedanken waren nicht in diesem Raum. Unsere Seelen schwebten in fernen Welten, in Träumen von der Zukunft und ihren Stürmen.

Drei Menschen saßen beisammen, in Gedanken getrennt, doch in Liebe vereint – drei Seelen voller Gefühl, aber ohne Wissen, drei Unschuldige, die ein Schicksal erwartete, das sie noch nicht kannten. Es war ein stilles Drama: ein alter Mann, der seine Tochter liebte und sich um ihr Glück sorgte; eine junge Frau, die mit zwanzig Jahren in die Zukunft blickte, voller Hoffnung und Angst zugleich; und ein junger Mann, der träumte und bangte, der weder den Wein noch den Essig des Lebens gekostet hatte, der sich nach dem Wissen der Liebe sehnte, doch noch nicht wusste, wie man aufrecht darin stand.

Wir saßen in der Dämmerung in diesem einsamen Haus, aßen und tranken, bewacht von den Augen des Himmels – doch in unseren Kelchen lag eine Bitterkeit verborgen, die nur unsere Herzen schmeckten.

Als das Mahl vorüber war, trat eines der Dienstmädchen an den Tisch und kündigte einen Besucher an.

„Wer ist es?", fragte Farris Effandi.

„Der Bote des Bischofs", antwortete sie.

Einen Moment lang herrschte Stille. Der alte Mann starrte seine Tochter an, als versuche er, aus den Sternen ihres Schicksals zu lesen, wie ein Prophet, der in den Himmel blickt, um ein göttliches Geheimnis zu ergründen. Dann sagte er ruhig: „Lass ihn eintreten."

Das Dienstmädchen verschwand, und kurz darauf betrat ein Mann in orientalischer Uniform den Raum, mit einem dichten, an den Enden gelockten Schnurrbart. Er verbeugte sich leicht und sagte: „Seine Exzellenz, der Bischof, hat mich mit seiner Privatkutsche gesandt. Er möchte wichtige Angelegenheiten mit Ihnen besprechen.“

Das Gesicht des alten Mannes verdüsterte sich, sein Lächeln erlosch. Nach einem Moment der Stille wandte er sich mir zu und sagte in freundlichem Ton:

„Ich hoffe, Sie sind noch hier, wenn ich zurückkehre, denn Selma wird Ihre Gesellschaft in diesem einsamen Haus genießen.“

Dann wandte er sich an seine Tochter, als wolle er ihre Zustimmung einholen. Sie nickte leicht, doch ich sah, wie eine zarte Röte ihre Wangen überzog. Ihre Stimme war weich wie der Klang einer Harfe, als sie antwortete:

„Ich werde mein Bestes tun, Vater, um unseren Gast glücklich zu machen.“

Selma sah der Kutsche nach, bis sie im Dunkel der Straße verschwand. Dann kehrte sie ins Haus zurück und setzte sich mir gegenüber auf einen mit grüner Seide bedeckten Diwan. Sie neigte sich sanft vor, wie eine Lilie, die im Morgenwind dem Gras entgegenschmiegt.

Es war der Wille des Himmels, dass ich diese Nacht allein mit Selma in ihrem wunderschönen, von Bäumen umrahmten Haus verbringen sollte – einem Ort, an dem Stille, Liebe, Schönheit und Tugend miteinander lebten.

Wir schwiegen beide, jeder wartete darauf, dass der andere sprach. Doch Sprache ist nicht das einzige Mittel der Verständigung zwischen zwei Seelen. Es sind nicht Worte, die von Lippen und Zungen kommen, die Herzen vereinen.

Es gibt etwas Größeres und Reineres als das, was der Mund ausspricht. Stille erleuchtet unsere Seelen, flüstert unseren Herzen zu und bringt sie einander näher. Sie trennt uns von uns selbst, trägt uns empor auf den Wellen des Geistes und lässt uns für einen Moment den Himmel berühren. Sie zeigt uns, dass unser Körper nichts weiter als ein Gefängnis ist, dass diese Welt nur eine Stätte der Verbannung ist.

Selma sah mich an, und in ihren Augen spiegelte sich das Geheimnis ihres Herzens. Dann sagte sie leise:

„Lass uns in den Garten gehen, uns unter die Bäume setzen und zusehen, wie der Mond hinter den Bergen aufgeht.“

Gehorsam erhob ich mich, doch zögerte einen Moment.

„Meinst du nicht, wir sollten besser hier warten, bis der Mond aufgegangen ist und den Garten erleuchtet?“ Ich hielt inne, dann fuhr ich fort: „Die Dunkelheit verbirgt die Bäume und Blumen – wir werden nichts sehen.“

Da sagte sie: „Wenn die Dunkelheit die Bäume und Blumen vor unseren Augen verbirgt, wird sie die Liebe nicht vor unseren Herzen verbergen.“

Während sie sprach, klang ihre Stimme eigenartig fern, und als sie die letzten Worte aussprach, wandte sie den Blick ab, sah durch das Fenster in die Nacht hinaus. Ich schwieg, ließ ihre Worte auf mich wirken, erwog die verborgene Bedeutung, die in ihnen lag. Dann richtete sie wieder die Augen auf mich, als bereute sie, was sie gesagt hatte, als wolle sie ihre Worte aus meinem Gedächtnis tilgen. Doch ihr Blick tat das Gegenteil – er brannte sie nur noch tiefer in mein Herz ein, ließ sie süßer und mächtiger nachklingen.

Jede Schönheit und Größe in dieser Welt entsteht durch einen einzigen Gedanken oder eine einzige Empfindung in einem Menschen. Alles, was heute existiert, alles, was frühere Generationen geschaffen haben, war einst nicht mehr als eine Idee im Kopf eines Mannes oder eine Regung im Herzen einer Frau. Die Revolutionen, die Ströme von Blut vergossen und das Bewusstsein der Menschen zur Freiheit lenkten, begannen als der Funke eines einzelnen Geistes inmitten Tausender. Die Kriege, die Reiche stürzten und die Geschichte erschütterten, wurden durch einen einzigen Gedanken entfacht. Die großen Wahrheiten, die den Lauf der Menschheit veränderten, waren einst die Vision eines Einzelnen, eines Mannes, den sein Genie von der Masse unterschied.

Ein einziger Gedanke baute die Pyramiden. Ein einziger Gedanke begründete den Ruhm des Islam. Ein einziger Gedanke setzte die Bibliothek von Alexandria in Flammen.

Ein einziges Wort kann einen Mann in der Nacht heimsuchen und ihn in den Ruhm erheben oder ins Asyl treiben. Ein Blick aus den Augen einer Frau kann ihn zum glücklichsten Menschen der Welt machen. Ein einziges Wort von den Lippen eines Mannes kann ihn reich oder arm machen.

Dieses eine Wort, das Selma in jener Nacht sprach, hielt mich gefangen zwischen Vergangenheit und Zukunft, wie ein Boot, das mitten im Ozean vor Anker liegt. Dieses Wort riss mich aus dem Schlaf der Jugend und der Einsamkeit und stellte mich auf die Bühne des Lebens, wo Glück und Schmerz, Licht und Dunkelheit, Liebe und Tod ihre Rollen spielten.

Der Duft der Blumen vermischte sich mit der Nachtbrise, als wir in den Garten traten und uns schweigend auf eine Bank unter einen Jasminbaum setzten. Die Natur schlief, und wir lauschten ihrem Atem, während über uns am dunklen Himmel die leuchtenden Augen des Himmels auf unser stilles Drama blickten.

Dann stieg der Mond hinter dem Berg Sunnin empor, sein silbernes Licht ergoss sich über die Hügel, die Täler, die Küste. Unter seinem Schein tauchten die Dörfer wie aus dem Nichts auf, schienen über dem Land zu schweben wie Geistergestalten aus einer anderen Welt. Und so lag der Libanon vor uns – verklärt und strahlend unter dem zarten Glanz des Mondes.

Dichter des Westens sehen den Libanon als einen fernen, sagenumwobenen Ort, vergessen seit den Zeiten Davids, Salomons und der Propheten – so, wie der Garten Eden nach dem Sündenfall Adams und Evas in Vergessenheit geriet. Für sie ist der Name „Libanon" nichts weiter als ein poetischer Klang, ein Echo, das von einem Berg spricht, dessen Hänge mit dem Weihrauch der heiligen Zedern durchtränkt sind. Er erinnert sie an Tempel aus Kupfer und Marmor, die streng und uneinnehmbar dastehen, und an eine Herde Hirsche, die in den tiefen Tälern weidet.

In dieser Nacht aber sah ich den Libanon nicht als Legende, sondern mit den Augen eines Dichters, der in einem Traum wandelt.

So verwandelt sich das Antlitz der Welt mit unseren Empfindungen. Magie und Schönheit liegen nicht in den Dingen selbst, sondern in uns, die wir sie betrachten.

Als das Mondlicht auf Selmas Gesicht, ihren Hals und ihre Arme fiel, erschien sie mir wie eine Statue aus Elfenbein, geformt von den Händen eines Anbeters der Ishtar, der Göttin der Liebe und Schönheit. Ihr Blick traf mich, und sie sagte:

„Warum schweigst du? Warum erzählst du mir nichts über deine Vergangenheit?"

Ich sah sie an, und mit diesem Blick verließ mich die Stummheit. Meine Lippen öffneten sich, und ich sagte:

„Hast du nicht gehört, was ich sagte, als wir diesen Obstgarten betraten? Der Geist, der das Flüstern der Blumen und das Lied der Stille vernimmt, kann auch das Kreischen meiner Seele und das Geschrei meines Herzens hören."

Sie bedeckte ihr Gesicht mit den Händen, und ihre Stimme zitterte, als sie flüsterte:

„Ja, ich habe dich gehört – ich hörte eine Stimme aus dem Schoß der Nacht und einen Schrei, der im Herzen des Tages tobte."

Ich vergaß alles – meine Vergangenheit, mein eigenes Dasein, die Welt um mich herum. Alles, außer Selma. Ich antwortete:

„Und ich habe dich gehört, Selma. Ich hörte eine Musik, süßer als jede Melodie, ein Laut, der durch die Luft bebte und das ganze Universum erschütterte."

Als sie diese Worte vernahm, schloss sie die Augen. Auf ihren Lippen lag ein Lächeln – Freude, verwoben mit stiller Traurigkeit. Und sie flüsterte:

„Jetzt weiß ich, dass es etwas Höheres gibt als den Himmel, Tieferes als den Ozean, Seltsameres als Leben, Tod und Zeit. Jetzt weiß ich, was ich zuvor nicht wusste."

In diesem Augenblick wurde Selma mir mehr als eine Freundin, näher als eine Schwester, geliebter als eine Geliebte. Sie wurde zu einem Gedanken, der meine Seele durchdrang, zu einem Gefühl, das mich ergriff wie ein Sturm, dessen Schönheit schrecklich und unausweichlich ist.

Es ist ein Irrtum zu glauben, dass Liebe aus langer Vertrautheit und beharrlichem Werben erwächst. Liebe ist das Kind einer plötzlichen geistigen Verbindung, und wenn sie nicht in einem einzigen Augenblick entsteht, wird sie nicht in Jahren, nicht in Jahrhunderten erblühen.

Selma hob den Kopf, ihr Blick glitt hinüber zum Horizont, wo der Berg Sunnin den Himmel berührt.

„Gestern", sagte sie leise, „warst du für mich wie ein Bruder, mit dem ich unter dem Schutz meines Vaters lebte. Doch heute spüre ich etwas Fremdartiges und Süßes zugleich – eine unbekannte Mischung aus Liebe und Angst, die mein Herz mit Kummer und Glück füllt."

Ich erwiderte:

„Dieses Gefühl, das uns erschüttert und das wir fürchten, ist dasselbe Naturgesetz, das den Mond um die Erde und die Sonne um Gott führt."

Sie legte ihre Hand auf meinen Kopf, ließ ihre Finger sanft durch mein Haar gleiten. Ihr Gesicht erhellte sich, und Tränen traten in ihre Augen – sie fielen, leise und rein, wie Tautropfen auf die Blätter einer Lilie.

Und mit einer Stimme, in der Liebe und Schmerz verschmolzen, sagte sie:

„Wer würde unsere Geschichte glauben? Wer würde glauben, dass wir in dieser Stunde alle Zweifel hinter uns gelassen haben? Wer würde glauben, dass der Monat Nisan, der uns zum ersten Mal zusammenführte, uns nun an die Schwelle des Allerheiligsten des Lebens geführt hat?"

Ihre Hand lag noch immer auf meinem Kopf, während sie sprach, und ich hätte weder eine Königskrone noch einen Ruhmeskranz dieser schönen, glatten Hand vorgezogen, deren Finger sich sanft in mein Haar verflochten.

Ich antwortete ihr: „Die Menschen werden unsere Geschichte nicht glauben, weil sie nicht wissen, dass Liebe die einzige Blume ist, die ohne die Hilfe der Jahreszeiten wächst und blüht. Aber war es wirklich Nisan, der uns zum ersten Mal zusammenführte? War es nur diese Stunde, die uns im Allerheiligsten des Lebens gefangen hielt? Oder war es die Hand Gottes, die unsere Seelen vor der Geburt einander näherbrachte und uns für alle Tage und Nächte zu Gefangenen des anderen machte? Das Leben beginnt nicht im Mutterleib und endet nicht im Grab; und dieses Firmament voller Mondlicht und Sterne wird von liebenden Seelen und intuitiven Geistern niemals verlassen."

Als sie ihre Hand von meinem Kopf zurückzog, spürte ich ein leises Zittern an meinen Haarwurzeln, eine sanfte Erschütterung, vermischt mit der Brise der Nacht. Wie ein Anbeter, der seinen Segen empfängt, indem er den Altar berührt, nahm ich Selmas Hand in meine, legte meine brennenden Lippen darauf und gab ihr einen langen, zitternden Kuss – einen Kuss, dessen Erinnerung mein Herz zum Schmelzen bringt und dessen Süße alle Tugenden meines Geistes erweckt.

Eine Stunde verstrich, doch jede Minute fühlte sich an wie ein Jahr der Liebe. Die Stille der Nacht, das sanfte Licht des Mondes, der Duft der Blumen, das Flüstern der Bäume – all das ließ uns die Realität vergessen, ließ uns glauben, dass nur die Liebe existierte. Doch plötzlich durchbrach das entfernte Galoppieren von Pferden und das Rumpeln von Kutschenrädern unsere Traumwelt. Wir erwachten aus der süßen Ohnmacht und wurden aus der Welt der Sehnsucht in die Welt der Härte und des Elends gestoßen.

Die Kutsche hielt am Eingang des Gartens. Farris Effandi stieg ab, sein Rücken leicht gebeugt, als würde er eine schwere Last tragen. Langsam trat er auf uns zu. Er legte seine Hände auf Selmas Schultern, sah ihr tief in die Augen, und Tränen liefen über seine faltigen Wangen. Seine Lippen bebten in einem schmerzvollen Lächeln, und seine Stimme klang erstickt, als er sagte:

„Meine geliebte Selma, sehr bald wirst du aus den Armen deines Vaters in die eines anderen Mannes gegeben. Sehr bald wird das Schicksal dich aus diesem stillen Heim hinaustragen in die laute Welt. Dieser Garten wird den sanften Druck deiner Schritte vermissen, und dein Vater wird dir fremd werden. Alles ist entschieden. Möge Gott dich segnen."

Selmas Gesicht wurde bleich, ihre Augen erstarrten, als hätte sie einen Schatten des Todes erblickt. Dann schrie sie auf, wie ein Vogel, der vom Himmel geschossen wird, bebend, voller Schmerz.

„Was sagst du? Was meinst du? Wohin schickst du mich?"

Sie sah ihn durchdringend an, als wolle sie sein Geheimnis ergründen. Dann, plötzlich, veränderte sich ihr Blick. Ihr Körper versteifte sich, ihre Lippen bebten, und mit einer Stimme, in der Entsetzen und Bitterkeit klangen, sagte sie:

„Ich verstehe. Ich verstehe alles. Der Bischof hat mich verlangt, und er hat einen goldenen Käfig für diesen Vogel mit gebrochenen Flügeln vorbereitet. Ist das dein Wille, Vater?"

Farris Effandi antwortete nicht – nur ein tiefer Seufzer entkam seiner Brust. Zärtlich führte er Selma ins Haus, während ich im Garten zurückblieb. Wellen der Verwirrung schlugen über mir zusammen, wie ein Sturm, der die Herbstblätter über die Erde jagt. Dann, ziellos und doch getrieben von der Unruhe in meinem Inneren, folgte ich ihnen ins Wohnzimmer. Um der Verlegenheit zu entgehen, schüttelte ich dem alten Mann die Hand, sah Selma an – meinen schönen, fernen Stern – und verließ das Haus.

Als ich den Rand des Gartens erreichte, hörte ich den alten Mann meinen Namen rufen. Ich drehte mich um und trat ihm noch einmal entgegen. Er nahm meine Hand, seine Augen voller Reue, und sagte mit leiser Stimme: „Vergib mir, mein Sohn. Ich habe dir diesen Abend mit meinen Tränen verdorben. Doch komm mich besuchen, wenn dieses Haus verlassen ist, wenn ich einsam und verzweifelt hier zurückbleibe. Die Jugend, mein lieber Junge, kann sich nicht mit dem Alter vereinen – so wie der Morgen nicht mit der Nacht zusammengeht. Doch wenn Selma fort ist, wenn dieses Haus schweigt, wirst du kommen, nicht wahr? Wirst du mir von der Welt erzählen, die mich nicht mehr zu ihren Söhnen zählt? Wirst du mich an die Jugend erinnern, die ich einst mit deinem Vater geteilt habe?"

Als er sprach und ich schweigend seine Hand drückte, fühlte ich die Wärme seiner Tränen auf meiner Haut. Mein Herz zog sich zusammen, ein Schmerz, den ich nicht benennen konnte. Als ich den Kopf hob, sah er die Tränen in meinen Augen, und leise, voller väterlicher Zärtlichkeit, beugte er sich zu mir und berührte meine Stirn mit seinen Lippen.

„Auf Wiedersehen, mein Sohn. Auf Wiedersehen."

Die Träne eines alten Mannes ist schwerer als die eines jungen, denn sie ist das letzte Echo eines schwächer werdenden Lebens. Die Träne eines jungen Mannes ist wie ein Tautropfen auf dem Blatt einer Rose – rein, vergänglich. Die Träne eines alten Mannes aber ist wie ein verwelktes Blatt, das mit dem Wind fällt, wenn der Winter naht.

Als ich das Haus von Farris Effandi verließ, klang Selmas Stimme noch in meinen Ohren, ihre Schönheit folgte mir wie ein leiser Schatten, und die Tränen ihres Vaters trockneten langsam auf meiner Hand.

Mein Abschied war wie Adams Vertreibung aus dem Paradies – doch die Eva meines Herzens war nicht bei mir, um aus der Welt ein neues Eden zu machen.

In dieser Nacht, in der ich neu geboren wurde, hatte ich zum ersten Mal das Gesicht des Todes gesehen.

So wie die Sonne mit ihrer Hitze die Felder belebt – und sie zugleich verdorren lässt.

KAPITEL 6
DER FEUERSEE

Alles, was ein Mann im Dunkel der Nacht heimlich tut, wird im Licht des Tages offenbart. Worte, die im Verborgenen geflüstert werden, verwandeln sich unerwartet in das Gespräch der Menge. Taten, die wir heute in den Schatten unserer Kammern verbergen, werden morgen auf den Straßen verkündet.

So brachten die Geister der Nacht ans Licht, was sich zwischen Bischof Bulos Galib und Farris Effandi Karamy zutrug, bis ihr Gespräch durch die Gassen hallte und schließlich meine Ohren erreichte.

Doch was sie in jener Nacht verhandelten, galt nicht den Sorgen der Armen, nicht den Belangen der Witwen oder Waisen. Der Grund für die Einladung, die den alten

Farris Effandi in die private Kutsche des Bischofs führte, war die Verlobung seiner Tochter Selma mit Mansour Bey Galib, dem Neffen des Bischofs.

Selma, das einzige Kind des reichen Farris Effandi, wurde nicht um ihrer Schönheit oder ihres edlen Geistes willen auserwählt, sondern wegen des Vermögens ihres Vaters. Das Gold in den Truhen ihres Hauses sollte Mansour Bey ein gesichertes Erbe und eine angesehene Stellung verleihen.

Die geistlichen Oberhäupter des Ostens begnügen sich nicht mit der eigenen Macht. Sie streben danach, ihre Familien zu Herrschern und Unterdrückern zu machen. Ein Fürst vererbt seinen Ruhm an seinen Sohn, doch der Glanz eines religiösen Führers überträgt sich auf Brüder und Neffen gleichermaßen. So werden der christliche Bischof, der muslimische Imam und der brahmanische Priester zu Seeungeheuern, die ihre Beute mit zahllosen Tentakeln umklammern und ihr Leben mit gierigen Mündern aussaugen.

Als der Bischof Selmas Hand für seinen Neffen forderte, war die einzige Antwort, die er von ihrem Vater erhielt, ein tiefes Schweigen und Tränen, die über sein Gesicht rannen. Denn er hasste den Gedanken, sein einziges Kind zu verlieren. Kein Vater trennt sich ohne Schmerz von einer Tochter, die er mit Liebe erzogen hat und deren Herz ihm vertrauter ist als sein eigenes.

Die Freude der Eltern über die Hochzeit eines Sohnes wiegt oft den Kummer auf, den sie beim Abschied einer Tochter empfinden. Ein Sohn bringt neues Leben in die Familie, eine Tochter jedoch geht mit ihrer Ehe für immer verloren.

Und doch gehorchte Farris Effandi dem Willen des Bischofs – nicht aus Überzeugung, sondern aus Ohnmacht. Er kannte Mansour Bey gut, wusste um dessen Verderbtheit, seine Bosheit und seinen Hass. Doch im Libanon konnte kein Christ sich dem Wort seines Bischofs widersetzen und dennoch seine Ehre bewahren. Kein Mann konnte seinem geistlichen Führer trotzen, ohne seinen Ruf zu gefährden. Ein Auge, das sich dem Speer entgegenstellt, wird durchbohrt, eine Hand, die nach dem Schwert greift, wird abgehackt.

Hätte Farris Effandi abgelehnt, hätte man Selmas Namen in den Staub der Gerüchte gezerrt. Der Ruf einer Frau ist zerbrechlicher als Glas – und was die gierigen Hände nicht erreichen können, erklären die neidischen Lippen für wertlos.

So nahm das Schicksal Selma in seinen Griff, zwang sie in die Prozession der gedemütigten Frauen des Orients. Ihr freier Geist, der einst auf weißen Flügeln der Liebe über einen Himmel aus Mondlicht und Blumenduft schwebte, fiel nun in ein Netz aus Zwang und Leid.

In manchen Ländern wird der Reichtum der Eltern zur Bürde der Kinder. Der Tresor, den ein Vater über Jahre füllt, wird für seine Erben zum dunklen Kerker. Der allmächtige Dinar, den die Menschen wie einen Gott verehren, verwandelt sich in einen Dämon, der den Geist lähmt und das Herz verhärtet. Selma Karamy wurde ein Opfer des Wohlstands ihrer Familie und der Gier derer, die sich nach ihrem Vermögen sehnten. Wäre ihr Vater arm gewesen, hätte sie vielleicht noch ein glückliches Leben vor sich gehabt.

Eine Woche verging. Selmas Liebe war mein einziger Trost, ihr sanftes Flüstern mein nächtlicher Gesang des

Glücks. Sie weckte mich im Morgengrauen, um mir den Sinn des Lebens und die Geheimnisse der Natur zu enthüllen. Es war eine Liebe, rein und frei von Eifersucht, tief und unerschöpflich wie eine Quelle im Verborgenen. Eine Liebe, die nicht fesselt, sondern die Seele mit Frieden umhüllt – eine Zärtlichkeit, die Hoffnung schafft, ohne Unruhe zu wecken.

Morgens, wenn ich durch die Felder schritt, sah ich das Zeichen der Ewigkeit im leisen Erwachen der Natur. Am Meeresufer hörte ich die Wellen das Lied der Unendlichkeit singen. Und wenn ich durch die Straßen ging, erblickte ich in den Gesichtern der Menschen, in den Bewegungen der Arbeiter, die Schönheit des Lebens und die unermessliche Pracht der Menschlichkeit.

Diese Tage vergingen wie Schatten und lösten sich auf wie Wolken im Wind. Bald blieb mir nichts als die bitteren Echos vergangener Freude. Das Auge, das einst die Schönheit des Frühlings und das Erwachen der Natur bewunderte, sah nun nur noch die tobende Wut des Sturms und das öde Grau des Winters. Die Ohren, die sich einst am Gesang der Wellen berauschten, vernahmen nur noch das Heulen des Windes, das Aufbrausen des Meeres gegen den Abgrund. Die Seele, die einst mit Ehrfurcht die unerschöpfliche Kraft der Menschheit und die Pracht des Universums betrachtete, wurde nun von der Erkenntnis des Verfalls und der Enttäuschung gequält. Es gab nichts Schöneres als jene Tage der Liebe – und nichts Bittereres als die Nächte des Kummers, die darauf folgten.

Als ich dem inneren Drang nicht mehr widerstehen konnte, ging ich am Wochenende zurück zu Selmas Haus – jenem heiligen Ort, den die Schönheit errichtet und die Liebe geweiht hatte. Ein Tempel, in dem die Seele anbetete, das Herz sich demütig niederkniete und betete. Als ich den Garten betrat, umfing mich eine Macht, die mich aus dieser Welt riss und mich in eine Sphäre versetzte, die frei war von Kampf und Schmerz. Wie ein Mystiker, der eine himmlische Offenbarung empfängt, stand ich inmitten der Bäume und Blumen. Und als ich mich dem Hauseingang näherte, sah ich Selma auf der Bank im Schatten des Jasminbaums sitzen – genau dort, wo wir eine Woche zuvor zusammen gewesen waren, in jener Nacht, die die Vorsehung zum Anfang meines Glücks und meines Leids bestimmt hatte.

Sie saß reglos da, sprach kein Wort, als ich näher trat. Es war, als hätte sie gewusst, dass ich kommen würde. Als ich mich neben sie setzte, hob sie für einen Moment den Blick, seufzte leise und wandte sich dann dem Himmel zu. Eine magische Stille lag über uns. Dann drehte sie sich wieder zu mir, nahm meine Hand, die in ihrer zitterte, und flüsterte mit schwacher Stimme:

„Schau mich an, mein Freund… Sieh in mein Gesicht und lies darin, was du wissen willst – das, was ich nicht in Worte fassen kann. Schau mich an, mein Geliebter… schau mich an, mein Bruder."

Ich betrachtete sie und sah, dass ihre einst leuchtenden Augen, die noch vor wenigen Tagen lächelten, nun eingefallen und glasig waren, erloschen von Kummer und Schmerz. Ihr Gesicht, das einst einer entfaltenden Lilie glich, gebadet im goldenen Licht der Sonne, war nun blass, farblos wie eine Blume, die der Herbst vergessen hat. Ihre süßen Lippen, die wie Rosen in voller Blüte gewesen waren, schienen nun welkend, ausgedörrt von der Trostlosigkeit der Tage. Ihr Hals, einst stolz und aufrecht wie eine Säule aus Elfenbein, war gesenkt, als könnte er die Last der Trauer nicht mehr tragen.

Ich sah all diese Veränderungen in ihrem Gesicht, doch für mich waren sie nur wie eine flüchtige Wolke, die den Mond für einen Augenblick verhüllt und ihn in ihrer Verschleierung noch schöner macht. Denn es gibt eine seltsame Schönheit im Schmerz, eine Schönheit, die tiefer geht als makellose Züge. Ein Gesicht, das nichts verbirgt, ist leer – doch eines, das Leid in seinen Linien trägt, ist umso ergreifender. So wie der Wein erst durch das durchsichtige Kristallglas verlockend wird, offenbart sich wahre Schönheit erst, wenn das Herz darin zu lesen vermag.

Selma war an diesem Abend wie ein Kelch voll himmlischen Weins – gebraut aus der Bitterkeit und Süße des Lebens. Ohne es zu wissen, war sie das Abbild der orientalischen Frau, die nie die Schwelle des Elternhauses überschreitet, bis sie das Joch ihres Gatten auf ihren Schultern trägt; die nie die Arme ihrer Mutter verlässt, bis sie als Sklavin in die Hände einer fremden Mutter gegeben wird.

Ich sah Selma an, hörte dem leisen Zittern ihres Geistes zu, litt mit ihr, bis es mir schien, als wäre die Zeit stehen geblieben, als hätte das Universum sich aufgelöst. Ich sah nur ihre großen, dunklen Augen, die mich unverwandt anblickten. Ich spürte nur ihre kalte, bebende Hand in meiner.

Ich erwachte aus dieser Erstarrung, als sie leise sagte:

„Komm, Geliebter… Lass uns über die Zukunft sprechen, bevor sie zur Gegenwart wird. Mein Vater hat soeben das Haus verlassen, um den Mann zu treffen, der mein Gefährte bis zum Tod sein wird. Mein Vater, den Gott für meine Existenz erwählt hat, begegnet jetzt dem

Mann, den die Welt für den Rest meines Lebens zu meinem Meister bestimmt hat.

Mitten im Herzen dieser Stadt wird jener alte Mann, der mich durch meine Kindheit begleitete, dem jungen Mann gegenüberstehen, der mich durch die kommenden Jahre führen wird. Heute Abend werden sie den Tag meiner Hochzeit bestimmen.

Was für eine seltsame, erhabene Stunde! Vor einer Woche, genau zu dieser Zeit, unter diesem Jasminbaum, umarmte die Liebe meine Seele zum ersten Mal, während in jenem Augenblick das Schicksal in den Hallen des Bischofs das erste Wort meiner Lebensgeschichte schrieb.

Jetzt, in dieser Nacht, während mein Vater und mein künftiger Gatte das Datum meines Schicksals besiegeln, sehe ich deinen Geist um mich zittern – wie einen durstigen Vogel, der über einer Wasserquelle kreist, die von einer hungrigen Schlange bewacht wird.

Oh, wie groß ist diese Nacht! Und wie tief ihr Geheimnis!"

Als ich diese Worte hörte, spürte ich, wie der dunkle Geist der Verzweiflung unsere Liebe umklammerte, um sie im Keim zu ersticken. Ich sagte zu ihr:

„Dieser Vogel wird weiter über der Quelle kreisen, bis ihn der Durst verzehrt oder die Schlange ihn in ihre Fänge reißt."

Selma antwortete: „Nein, mein Geliebter. Diese Nachtigall soll leben und singen – bis die Dunkelheit kommt, bis der Frühling vergeht, bis ans Ende der Welt. Ihre Stimme darf nicht verstummen, denn sie gibt meinem Herzen Leben. Ihre Flügel dürfen nicht gebrochen werden, denn ihr Flattern vertreibt die Schatten, die sich über meine Seele legen."

Ich flüsterte: „Selma, meine Geliebte, der Durst wird ihn erschöpfen und die Angst wird ihn töten."

Mit zitternden Lippen entgegnete sie: „Der Durst der Seele ist süßer als der Wein der Welt, und die Angst des Geistes wertvoller als die Sicherheit des Körpers. Aber höre mir zu, mein Geliebter, höre genau hin. Heute stehe ich an der Schwelle eines neuen Lebens, das ich nicht kenne. Ich bin wie eine Blinde, die tastend nach einem Weg sucht, um nicht zu stürzen. Der Reichtum meines Vaters hat mich auf den Sklavenmarkt gebracht, und ein Mann hat mich gekauft. Ich kenne ihn nicht, ich liebe ihn nicht – aber ich werde lernen, ihn zu lieben. Ich werde ihm gehorchen, ihm dienen, ihn glücklich machen. Ich werde ihm alles geben, was eine schwache Frau einem starken Mann geben kann.

Aber du, mein Geliebter, bist noch in der Blüte deines Lebens. Dein Weg ist weit, von Blumen gesäumt, frei und offen. Du kannst die Welt durchwandern, dein Herz zu einer Fackel machen, die dir den Pfad erhellt. Du kannst frei denken, frei sprechen, frei handeln. Dein Name wird sich in das Angesicht des Lebens schreiben, denn du bist ein Mann. Der Reichtum deines Vaters hat dich nicht verkauft, nicht verdammt zum Gehorsam, nicht in Ketten gelegt. Du kannst eine Frau nach deinem Herzen wählen, kannst sie lieben, bevor sie dein Haus betritt, und ihr vertrauen, ohne Furcht und ohne Zwang."

Einen Moment lang herrschte Stille, dann fuhr Selma fort: „Aber ist es das, wozu das Leben uns zwingt? Dass wir uns trennen, damit du den Ruhm eines Mannes und ich die Pflicht einer Frau erlange? Ist das der Grund, warum das Tal die Nachtigall verstummen lässt, der Wind die Blütenblätter der Rose fortträgt und der Fuß den Kelch der Liebe zertritt? Waren all die Nächte unter dem Jasminbaum, in denen unsere Seelen eins wurden, umsonst? Sind wir zu den Sternen geflogen, bis unsere Flügel müde wurden, nur um nun in den Abgrund zu stürzen?

Oder schlief die Liebe, als sie zu uns kam – und als sie erwachte, fand sie sich betrogen und wollte uns bestrafen? Oder haben wir unbedacht den sanften Hauch der Nächte in einen Sturm verwandelt, der uns in Stücke reißt und wie Staub ins Nichts verweht?

Wir haben kein Gebot missachtet, haben von keiner verbotenen Frucht gekostet – warum also werden wir aus diesem Paradies vertrieben? Wir haben nicht gesündigt, nicht rebelliert, also warum steigen wir in die Hölle hinab?

Nein, nein – die Augenblicke, die uns vereinten, sind größer als Jahrhunderte, und das Licht, das unsere Seelen erhellte, ist stärker als jede Dunkelheit. Und wenn der Sturm uns auf diesem wilden Ozean trennt, werden die Wellen uns am stillen Ufer wieder vereinen. Wenn dieses Leben uns tötet, wird der Tod uns zusammenführen.

Das Herz einer Frau mag sich mit der Zeit oder den Jahreszeiten wandeln – doch selbst wenn es stirbt, vergeht es nicht. Das Herz einer Frau ist wie ein Feld, das zur Schlachtbank wurde; wenn die Bäume entwurzelt, das Gras verbrannt, die Felsen mit Blut getränkt und die Erde mit Knochen übersät ist, herrscht eines Tages wieder Ruhe, als wäre nichts geschehen. Denn der Frühling kommt, der Herbst folgt – und das Leben beginnt von Neuem.“

„Und nun, meine Geliebte, was sollen wir tun? Wie sollen wir uns trennen, und wann werden wir uns wiedersehen? Sollen wir die Liebe als einen fremden Besucher betrachten, der am Abend kam und uns am Morgen verließ? Oder war sie nur ein Traum, der uns im Schlaf umarmte und sich auflöste, als wir erwachten?

Sollen wir diese Woche als eine Stunde des Rausches betrachten, die nun der Nüchternheit weichen muss? Hebe deinen Kopf, lass mich dich ansehen, meine Geliebte. Öffne deine Lippen, lass mich deine Stimme hören. Sprich mit mir! Wirst du mich vergessen, wenn dieser Sturm das Schiff unserer Liebe versenkt hat? Wirst du das Flüstern meiner Flügel in der Stille der Nacht hören? Wirst du meinen Geist über dir flattern spüren? Wirst du meinen Seufzern lauschen? Wirst du meinen Schatten mit der Dämmerung nahen und mit der Morgenröte vergehen sehen?

Sag mir, meine Geliebte, was wirst du sein, nachdem du ein magischer Strahl für meine Augen, ein süßes Lied für meine Ohren und Flügel für meine Seele warst? Was wirst du sein?"

Als ich diese Worte sprach, schmolz mein Herz, und ich hörte sie flüstern: „Ich werde so sein, wie du mich haben willst, meine Geliebte."

Dann sagte sie: „Ich möchte, dass du mich liebst, wie ein Dichter seine traurigen Gedanken liebt. Ich möchte, dass du dich an mich erinnerst, wie ein Reisender sich an einen stillen Teich erinnert, in dem sich sein Gesicht spiegelte, als er aus seinem Wasser trank. Ich möchte, dass du mich bewahrst in deinem Herzen, wie eine Mutter das Kind bewahrt, das starb, bevor es das Licht der Welt erblickte. Ich möchte, dass du mich erinnerst, wie ein barmherziger König den Gefangenen erinnert, der starb, bevor ihn seine Begnadigung erreichte.

Ich möchte, dass du mein Gefährte bleibst, auch wenn mich das Schicksal von dir trennt. Ich möchte, dass du meinen Vater besuchst und ihn in seiner Einsamkeit tröstest. Denn ich werde ihn bald verlassen und für ihn eine Fremde sein."

Ich antwortete ihr: „Ich werde alles tun, was du verlangst. Meine Seele wird eine Hülle für deine Seele sein, mein Herz ein Wohnsitz für deine Schönheit, meine Brust ein Grab für deinen Kummer. Ich werde dich lieben, Selma, wie die Prärien den Frühling lieben. Ich werde in dir leben, wie eine Blume unter den Strahlen der Sonne lebt. Ich werde deinen Namen singen, wie das Tal das Echo der Glocken der Dorfkirche trägt. Ich werde der Sprache deiner Seele lauschen, wie das Ufer den Geschichten der Wellen zuhört.

Ich werde mich an dich erinnern, wie ein Fremder sich an sein fernes Heimatland erinnert, wie ein Hungriger an ein Festmahl, wie ein entthronter König an seine Tage der Herrschaft, wie ein Gefangener an die vergessene Freiheit. Ich werde mich an dich erinnern, wie ein Sämann an seine goldenen Ähren auf der Tenne, wie ein Hirte an grüne Weiden und rauschende Bäche."

Selma hörte meinen Worten mit pochendem Herzen zu und flüsterte: „Morgen wird die Wahrheit wie ein Trugbild erscheinen, und das Erwachen wird wie ein Traum sein. Kann ein Liebender glücklich sein, wenn er nur den Geist seiner Geliebten umarmt? Kann ein Durstiger seinen Durst an einer Quelle oder einem Traum stillen?"

Ich antwortete ihr: „Morgen wird dich das Schicksal in eine friedliche Familie führen, mich aber hinauswerfen in eine Welt voller Kampf und Unrast. Du wirst das Heim eines Mannes betreten, den der Zufall zum Glücklichsten machte, während ich ein Leben voller Leiden führen werde. Du wirst das Tor des Lebens durchschreiten, während ich an der Schwelle des Todes stehen werde. Du wirst in ein Haus eintreten, das dich empfängt, während ich in der Einsamkeit vergehen werde. Doch ich werde eine Statue der Liebe errichten und sie im Tal des Todes anbeten.

Die Liebe wird mein einziger Trost sein. Ich werde sie trinken wie Wein, sie tragen wie ein Gewand. Im Morgengrauen wird sie mich wecken und mich hinausführen auf die weiten Felder. Zur Mittagsstunde wird sie mich in den Schatten der Bäume rufen, wo ich mit den Vögeln Schutz vor der Sonne suchen werde. Am Abend wird sie mich innehalten lassen, um das Abschiedslied der Natur an das Licht des Tages zu hören, und sie wird mir geisterhafte Wolken zeigen, die lautlos über den Himmel ziehen.

Nachts wird mich die Liebe umarmen, und ich werde schlafen und von der himmlischen Welt träumen, wo die Geister der Liebenden und Dichter wohnen.

Im Frühling werde ich Seite an Seite mit der Liebe durch die Felder wandeln, den letzten Tau des Winters von den Blütenkelchen trinken. Im Sommer werden wir die Heubündel zu unseren Kissen machen, das Gras zu unserem Bett, und der weite Himmel wird unser Dach sein, während wir in die leuchtenden Augen der Sterne blicken.

Im Herbst werden die Liebe und ich durch die Weinberge gehen, uns an die Weinpresse setzen und zusehen, wie die Reben ihres goldenen Schmucks beraubt werden. Über uns ziehen Vogelschwärme gen Süden, als führten sie den Sommer fort. Im Winter werden wir am Kamin sitzen, Geschichten aus längst vergangenen Zeiten erzählen und die Chroniken ferner Länder in unseren Stimmen lebendig werden lassen.

In meiner Jugend wird die Liebe meine Lehrerin sein, im mittleren Alter meine Stütze, im Alter meine Freude. Die Liebe, meine geliebte Selma, wird mich nicht verlassen – bis zum letzten Atemzug wird sie an meiner Seite bleiben, und nach dem Tod wird die Hand Gottes uns wieder vereinen.“

All diese Worte brachen aus den Tiefen meines Herzens hervor, wie Flammen, die auflodern, wild und hell, nur um in der Asche zu verlöschen. Selma weinte – ihre Tränen waren wie stumme Lippen, die mir antworteten, Worte formten, die die Sprache nicht kannte.

Jene, die die Liebe nicht mit Flügeln beschenkt hat, können nicht über den Nebel der Erscheinungen hinwegfliegen, um die verborgene, magische Welt zu erblicken, in der Selmas Geist und meiner in dieser traurig-glücklichen Stunde lebten. Jene, die die Liebe nicht als ihren Jünger erwählt hat, hören nicht, wenn sie ruft. Diese Geschichte ist nicht für sie. Selbst wenn sie jedes Wort auf diesen Seiten verstehen würden, bliebe ihnen das Unausgesprochene, das Ungeschriebene verborgen – die Schatten zwischen den Zeilen, die nicht in Worte zu fassen sind.

Aber welcher Mensch hat nie vom Kelch der Liebe getrunken? Welcher Geist hat nie andächtig vor ihrem erleuchteten Altar gestanden, in jenem Tempel, dessen Boden aus den Herzen der Liebenden besteht, dessen Gewölbe das Geheimnis selbst ist? Welche Blume hat nie einen Tropfen Morgentau empfangen? Welcher Fluss hat seinen Lauf verloren, ohne jemals das Meer zu erreichen?

Selma hob ihr Gesicht zum Himmel, ihr Blick irrte zwischen den Sternen, die das Firmament übersäten. Ihre Hände streckten sich aus, ihre Augen weiteten sich, ihre Lippen bebten. In ihrem blassen Gesicht erkannte ich Kummer und Unterdrückung, Hoffnungslosigkeit und Schmerz. Dann rief sie:

„O Herr, was hat eine Frau getan, um Dich zu erzürnen? Welche Sünde hat sie begangen, dass Du sie so strafst? Welches Verbrechen hat sie begangen, dass ihr eine ewige Züchtigung auferlegt wurde?

O Herr, Du bist stark, und ich bin schwach. Warum hast Du mich leiden lassen? Du bist groß und allmächtig, während ich nur ein kleines Geschöpf bin, das vor Deinem Thron kriecht. Warum hast Du mich mit Deinem Fuß zertreten?

Du bist ein Sturm, ich bin nur Staub. Warum hast Du mich auf die kalte Erde geworfen? Du bist mächtig, ich bin hilflos. Warum kämpfst Du gegen mich? Du bist rücksichtsvoll, ich bin umsichtig. Warum zerstörst Du mich?

Du hast die Frau mit Liebe erschaffen – warum verfluchst Du sie mit derselben Liebe? Mit Deiner rechten Hand erhebst Du sie, mit Deiner linken schleuderst Du sie in den Abgrund, ohne dass sie weiß, warum.

Du legst den Atem des Lebens in ihren Mund und säst zugleich den Tod in ihr Herz. Du zeigst ihr den Pfad des Glücks, doch führst sie auf den Weg des Elends. Du legst ein Lied der Freude auf ihre Lippen, doch dann versiegelst Du sie mit Kummer und fesselst ihre Zunge mit Qual.

Mit Deinen geheimnisvollen Fingern verbindest Du ihre Wunden, doch mit derselben Hand webst Du die Angst um ihre Freuden. In ihrem Bett verbirgst Du Frieden und Seligkeit, doch daneben errichtest Du Mauern aus Angst. Du erweckst ihre Zuneigung nach Deinem Willen, und aus dieser Zuneigung entspringt Scham.

Durch Deinen Willen öffnest Du ihre Augen für die Schönheit der Schöpfung – doch ihre Liebe zur Schönheit wird zur Wüste, zum Hunger, zum Fluch. Du lässt sie den Kelch des Lebens erheben, doch darin liegt der Geschmack des Todes.

Du reinigst sie mit Tränen – und in Tränen vergeht ihr Leben. O Herr, Du hast meine Augen mit Liebe geöffnet – und mit derselben Liebe hast Du mich geblendet. Du hast mich mit Deinen Lippen geküsst – und mich mit Deiner mächtigen Hand geschlagen.

Du hast eine weiße Rose in mein Herz gepflanzt – doch um sie herum hast Du eine Mauer aus Dornen errichtet. Du hast meine Gegenwart mit dem Geist eines jungen Mannes verbunden, den ich liebe – doch mein Leben mit dem Körper eines Mannes, den ich nicht kenne.

So hilf mir, mein Herr, stark zu sein in diesem tödlichen Kampf. Hilf mir, ehrlich und tugendhaft zu bleiben – bis zum letzten Atemzug. Dein Wille geschehe, o Herr.“

Die Stille, die folgte, war tief und schwer. Selma ließ ihre Arme sinken, ihr Kopf fiel nach vorn, und es schien mir, als hätte ein Sturm einen Ast vom Baum gebrochen und ihn zum Vertrocknen auf die Erde geworfen.

Ich nahm ihre kalte Hand und küsste sie. Doch als ich sie trösten wollte, spürte ich, dass ich selbst Trost nötiger hatte als sie. Ich schwieg, dachte an unser Schicksal und lauschte dem hämmernden Schlag meines Herzens.

Keiner von uns sprach.

Extreme Qual ist stumm. So saßen wir da, schweigend, unbewegt – zwei Marmorsäulen, begraben unter dem Sand eines Erdbebens. Keiner wagte es, den anderen zu hören, denn die Fäden unserer Herzen waren so gespannt, dass schon ein einziger Atemzug sie hätte zerreißen können.

Es war Mitternacht. Hinter dem Berg Sunnin stieg die Mondsichel empor, bleich und kalt, und sie sah inmitten der Sterne aus wie das Gesicht einer Leiche in einem Sarg, umgeben vom flackernden Licht der Kerzen. Der Libanon lag da wie ein alter Mann, vom Alter gebeugt, mit müden Augen, die den Schlaf nicht fanden. Er starrte in die Dunkelheit, lauschend, wartend auf die Morgendämmerung, als säße er auf den Trümmern seines Palastes, verloren in den Aschehaufen seines einstigen Throns.

Die Berge, die Bäume, die Flüsse – alles wandelte sich mit der Zeit, so wie der Mensch sich mit seinen Erfahrungen und seinen Träumen verändert. Die hohe Pappel, die am Tag wie eine strahlende Braut erschien, stand nun da wie eine Rauchsäule, vom Dunkel verschluckt. Der mächtige Fels, mittags uneinnehmbar, wirkte jetzt wie ein Bettler, der die Erde als Lager und den Himmel als Decke hatte. Und der Bach, der am Morgen funkelte und das ewige Lied des Lebens sang, schien nun ein Strom aus Tränen, klagend wie eine Mutter, die ihr Kind verloren hat.

Der Libanon, der noch vor einer Woche unter dem vollen Mond majestätisch gewirkt hatte, als unsere Herzen von Glück durchflutet waren, lag nun in Schatten gehüllt, traurig und einsam.

Wir standen auf. Es war Zeit zu gehen. Doch Liebe und Verzweiflung standen zwischen uns wie zwei Geister – einer breitete seine Flügel aus, legte seine Finger auf unsere Kehlen, einer weinte, der andere lachte grausam.

Als ich Selmas Hand nahm und sie an meine Lippen
legte, trat sie näher, berührte meine Stirn mit einem Kuss,
dann sank sie auf die Holzbank, ließ die Augen zufallen
und flüsterte leise:

„Oh Herrgott, sei mir gnädig und verbinde meine gebrochenen Flügel."

Als ich sie im Garten zurückließ, fühlte ich mich, als
hätten meine Sinne ihren Halt verloren, als sei ein dichter
Schleier über meine Welt gefallen – wie ein stiller See,
dessen Oberfläche in undurchdringlichem Nebel ver-
sinkt.

Die Schönheit der Bäume, das fahle Mondlicht, die
tiefe Stille – alles, was einst zauberhaft war, erschien mir
jetzt verzerrt, hässlich, furchteinflößend. Das Licht, das
mir einst die Wunder des Universums enthüllt hatte, war
nun eine sengende Flamme, die mein Herz verzehrte. Die
ewige Musik, die ich früher hörte, war zu einem Lärm
geworden, grauenhafter als das Brüllen eines hungrigen
Löwen.

Ich erreichte mein Zimmer, fiel auf mein Bett wie ein
verwundeter Vogel, vom Pfeil des Jägers getroffen. Und in
der Stille der Nacht wiederholte ich leise Selmas Worte:

„Oh Herrgott, sei mir gnädig und verbinde meine gebrochenen Flügel."

KAPITEL 7

VOR DEM THRON DES TODES

Die Ehe ist heute eine Farce, ein Schauspiel, dessen Regie in den Händen junger Männer und ihrer Eltern liegt. In den meisten Ländern gewinnen die jungen Männer, während die Eltern verlieren. Die Frau bleibt eine Ware, ein Handelsgut, das gekauft, verkauft und von einem Haus ins nächste gebracht wird. Mit der Zeit verblasst ihre Schönheit, und sie wird wie ein altes Möbelstück, das in einer dunklen Ecke vergessen steht.

Die moderne Zivilisation hat die Frau klüger gemacht, doch sie hat auch ihr Leiden vermehrt – nicht durch das Leben selbst, sondern durch die unersättliche Begehrlichkeit der Männer. Die Frau von gestern war eine glückliche Ehefrau, die Frau von heute ist eine erbärmliche Geliebte. Einst schritt sie blind durch das Licht, heute wandelt sie mit offenen Augen durch die Dunkelheit. Sie war schön in ihrer Unwissenheit, tugendhaft in ihrer Einfachheit und stark in ihrer Schwäche. Heute ist sie in ihrem Einfallsreichtum hässlich, oberflächlich und herzlos in ihrem Wissen. Wird jemals der Tag kommen, an dem Schönheit und Weisheit, Einfallsreichtum und Tugend, körperliche Schwäche und geistige Stärke in einer Frau vereint sein werden?

Ich glaube daran, dass geistiger Fortschritt das Gesetz des Lebens ist – doch der Weg zur Vollkommenheit ist langsam und voller Schmerz. Wenn eine Frau in einem Aspekt voranschreitet und in einem anderen zurückbleibt, dann deshalb, weil der steinige Pfad zum Gipfel nicht frei ist von Hinterhalten der Diebe und Höhlen der Wölfe.

Diese seltsame Generation lebt im Zwielicht zwischen Schlaf und Erwachen. Sie hält die Asche der Vergangenheit in der einen Hand und die Samen der Zukunft in der anderen. Doch in jeder Stadt gibt es eine Frau, die das Symbol des Kommenden ist.

In Beirut war Selma Karamy dieses Symbol der künftigen orientalischen Frau – aber wie viele, die ihrer Zeit voraus sind, wurde sie ein Opfer der Gegenwart. Wie eine Blume, die von ihrem Stiel gerissen und von der Strömung eines Flusses fortgetragen wird, wurde sie in die erbärmliche Prozession der Besiegten gedrängt.

Mansour Bey Galib und Selma heirateten und lebten in einem prachtvollen Haus in Ras Beyrouth, wo die wohlhabenden Würdenträger der Stadt residierten. Zurück blieb ihr Vater, Farris Effandi Karamy, einsam in seinem Garten, umgeben von seinen Bäumen und Obstbäumen, wie ein alter Hirte, der über eine verstreute Herde wacht.

Die glanzvollen Tage und fröhlichen Nächte der Hochzeit verstrichen, doch ihre Erinnerung war wie ein verwüstetes Schlachtfeld, das nur Totenschädel und Knochen zurücklässt. Die Pracht einer orientalischen Hochzeit inspiriert junge Herzen, doch ihr Ende kann wie ein Mühlstein in die Tiefe reißen. Ihre Hochstimmung hinterlässt nichts als Spuren im Sand, die mit der nächsten Welle verschwinden.

Der Frühling verging, dann der Sommer, dann der Herbst – doch meine Liebe zu Selma wuchs mit jedem Tag, bis sie zu einer stummen Anbetung wurde, einer stillen Ehrfurcht, wie sie ein Waisenkind für die Seele seiner Mutter im Himmel empfindet. Meine Sehnsucht verwandelte sich in einen tiefen, blinden Schmerz, der nichts außer sich selbst sehen konnte. Die Leidenschaft, die mir einst Tränen in die Augen trieb, wurde von Ratlosigkeit verdrängt, die mir das Blut aus dem Herzen zog. Meine Seufzer der Liebe wurden zu stummen Gebeten – für Selmas Glück, für den Frieden ihres Vaters, für die Versöhnung mit dem Schicksal.

Doch meine Hoffnungen und Gebete waren vergebens, denn Selmas Elend war keine Wunde, die geheilt werden konnte. Ihr Schmerz war eine Krankheit, für die nur der Tod Erlösung bringen würde.

Mansour Bey war ein Mann, dem alle Annehmlichkeiten des Lebens zuflogen, doch seine Unzufriedenheit wuchs mit seinem Besitz. Nachdem er Selma geheiratet hatte, vergaß er ihren Vater in dessen Einsamkeit und wartete nur darauf, dass er starb, um sein Erbe anzutreten.

Sein Charakter war ein Spiegelbild dessen, was er von seinem Onkel, dem Bischof, gelernt hatte – mit dem einzigen Unterschied, dass der Bischof seine Machenschaften im Schatten seiner kirchlichen Robe verbarg, während Mansour Bey sie offen zur Schau stellte.

Der Bischof betrat morgens die Kirche, doch seine Tage verbrachte er damit, Witwen, Waisen und einfältige Seelen um ihr Geld zu bringen. Mansour Bey hingegen verbrachte seine Zeit in der Jagd nach Vergnügungen, sein Verlangen war grenzenlos, sein Gewissen nicht existent.

Sonntags predigte Bischof Bulos Galib das Evangelium – doch unter der Woche lebte er kein Wort davon. Seine Zeit gehörte politischen Intrigen, schmutzigen Geschäften, und wer die richtigen Bestechungen zahlte, konnte auf seine Hilfe zählen. Mansour Bey folgte demselben Pfad: Er nutzte den Einfluss seines Onkels, um sich politische Gefälligkeiten zu erkaufen und sich auf Kosten derer zu bereichern, die nicht skrupellos genug waren, um mit ihm zu wetteifern.

So verschlang die Welt der Männer die Träume der Frauen, und Selma, die einst ein strahlendes Symbol der Zukunft war, wurde ein weiteres Opfer der Gegenwart.

Bischof Bulos war ein Dieb, der sich im Schutz der Nacht verbarg, während sein Neffe Mansour Bey ein Betrüger war, der stolz im Tageslicht wandelte. Doch die Menschen der orientalischen Länder setzen ihr Vertrauen in Männer wie diese – in Wölfe und Schlächter, die ihr eigenes Land aus Gier zerstören und ihre Mitmenschen mit eiserner Faust unterdrücken.

Warum vergeude ich diese Seiten mit Worten über jene Verräter, anstatt den Raum der Geschichte einer elenden Frau mit gebrochenem Herzen zu widmen? Warum vergieße ich Tränen für unterdrückte Völker, anstatt all meine Tränen für die Erinnerung an eine schwache Frau aufzusparen, deren Leben von den Zähnen des Todes geraubt wurde?

Doch, meine lieben Leser – ist eine solche Frau nicht wie eine Nation, die unter der Last von Priestern und Herrschern leidet? Ist vereitelte Liebe, die eine Frau ins Grab führt, nicht wie die Verzweiflung, die die Menschheit in Ketten hält? Eine Frau ist für eine Nation wie das Öl für eine Lampe – wird das Licht nicht schwach und flackernd, wenn das Öl zur Neige geht?

Der Herbst verstrich. Der Wind fegte die gelben Blätter von den Bäumen und machte Platz für den Winter, der heulend und klagend kam. Ich blieb in Beirut, ohne Gefährten, außer meinen Träumen – Träume, die meinen Geist in die Höhen des Himmels hoben und ihn dann tief im Schoß der Erde begruben.

Die betrübte Seele sucht Trost in der Einsamkeit. Sie flieht die Menschen, so wie ein verwundeter Hirsch die Herde verlässt und sich in eine Höhle zurückzieht – um zu heilen oder zu sterben.

Eines Tages hörte ich, dass Farris Effandi schwer erkrankt war. Ich verließ meine einsame Behausung und machte mich zu Fuß auf den Weg zu seinem Haus. Ich nahm einen anderen Pfad, einen stillen Weg zwischen Olivenbäumen, und mied die laute Hauptstraße mit ihren klappernden Kutschenrädern.

Als ich das Haus des alten Mannes erreichte, trat ich ein und fand ihn auf seinem Bett liegend, schwach und blass. Seine eingefallenen Augen glichen zwei dunklen Tälern, in denen sich die Geister des Schmerzes eingenistet hatten. Das sanfte Lächeln, das sein Gesicht immer erhellt hatte, war nun erstickt von Qual, und seine zitternden Hände, abgemagert bis auf die Knochen, wirkten wie kahle Äste, die unter der Wucht des Sturms beben.

Als ich mich ihm näherte und nach seinem Befinden fragte, wandte er mir sein gezeichnetes Gesicht zu. Ein flüchtiges Lächeln erschien auf seinen rissigen Lippen, und mit schwacher Stimme sagte er:

„Geh – geh, mein Sohn, ins andere Zimmer. Tröste Selma und bring sie zu mir. Ich möchte, dass sie an meinem Bett sitzt.“

Ich betrat den angrenzenden Raum und fand Selma auf einem Diwan liegen, den Kopf mit den Armen bedeckt, ihr Gesicht im Kissen vergraben, damit ihr Vater nicht hören konnte, wie sie weinte.

Ich trat langsam näher und sprach ihren Namen mit einer Stimme, die mehr einem Seufzer als einem Flüstern glich.

Sie zuckte zusammen, als wäre sie aus einem schrecklichen Traum gerissen worden, setzte sich auf und starrte mich mit glasigen Augen an, als zweifle sie daran, ob ich ein lebendiges Wesen oder nur eine Erscheinung war.

Nach einer langen Stille, die uns auf den Flügeln der Erinnerung zurückführte in jene Tage, als wir vom Wein der Liebe berauscht waren, wischte Selma ihre Tränen fort und sagte:

„Sieh, wie die Zeit uns gezeichnet hat! Sieh, wie sie den Lauf unseres Lebens verändert und uns in diesen Ruinen zurückgelassen hat. An diesem Ort hat uns der Frühling im Band der Liebe vereint – und an diesem Ort führt er uns nun vor den Thron des Todes.

Wie schön war der Frühling – und wie furchtbar ist dieser Winter!"

Dann legte sie ihre Hände über ihr Gesicht, als wolle sie sich vor dem Gespenst der Vergangenheit verbergen, das vor ihr stand.

Ich legte meine Hand auf ihren Kopf und sprach leise:

„Komm, Selma. Lass uns stark sein, wie Türme, die dem Sturm trotzen. Lass uns tapfer sein, wie Soldaten, die sich dem Feind entgegenstellen. Wenn wir fallen, werden wir als Märtyrer sterben; wenn wir bestehen, werden wir als Helden leben.

Sich dem Leid entgegenzustellen ist edler, als sich in die Dunkelheit der Resignation zu flüchten. Der Schmetterling, der sich im Licht der Lampe verzehrt, ist erhabener als der Maulwurf, der sich in finsteren Tunneln versteckt.

Komm, Selma, lass uns diesen rauen Weg mit erhobenem Haupt gehen, die Augen auf die Sonne gerichtet, damit wir die Totenköpfe und die Schlangen nicht sehen, die zwischen den Steinen lauern.

Lass uns nicht mitten auf dem Weg von der Angst lähmen lassen, denn dann werden wir nur die hämischen Stimmen der Nacht hören. Doch wenn wir den Gipfel erklimmen, werden wir zu den himmlischen Geistern aufsteigen und unsere Stimmen mit ihren Liedern des Triumphs und der Freude vereinen.

Kopf hoch, Selma. Wisch dir die Tränen ab und schüttle den Kummer von deinem Gesicht. Steh auf und komm mit mir – denn das Leben deines Vaters hängt an deinem Lächeln, und seine Heilung liegt in deiner Nähe."

Freundlich und liebevoll sah sie mich an und sagte:

„Verlangst du von mir Geduld, während du selbst nach ihr dürstest? Wird ein Hungriger sein Brot einem anderen Hungrigen geben? Oder ein Kranker eine Medizin reichen, die er selbst dringender braucht?"

Dann erhob sie sich, neigte leicht den Kopf und ging mit mir in das Zimmer ihres Vaters. Wir setzten uns neben sein Bett.

Selma zwang sich zu einem Lächeln und versuchte, Geduld vorzutäuschen, während ihr Vater mit schwacher Stimme versicherte, dass es ihm besser ginge. Doch beide kannten die Wahrheit und hörten die stummen Seufzer des anderen. Sie waren wie zwei Kräfte, die sich im Stillen aufrieben, zwei Seelen, die sich im Kummer umarmten – eine, die im Begriff war zu gehen, die andere, die in stiller Verzweiflung zurückblieb. Und ich saß zwischen ihnen, gefangen in meinem eigenen Leid, ein stummer Zeuge des unaufhaltsamen Schicksals.

Wir waren drei Menschen, die von der Hand des Schicksals zusammengeführt und zermalmt wurden: ein alter Mann, dem die Zeit die Kraft geraubt hatte, wie ein Haus, das von der Flut fortgerissen wird; eine junge Frau, so zerbrechlich wie eine Lilie, die von der Sichel des Lebens geköpft wurde; und ein junger Mann, gebeugt wie ein schwacher Setzling unter der Last des Schnees. Spielzeuge in den Händen des Unvermeidlichen.

Langsam hob Farris Effandi seine zitternde Hand und streckte sie nach Selma aus. Mit liebevoller, sanfter Stimme sagte er: „Halte meine Hand, mein Kind.“

Selma umschloss seine Hand mit ihren schlanken Fingern, und er fuhr fort:

„Ich habe lange genug gelebt und die Früchte der Jahreszeiten gekostet. Ich habe alle Phasen des Lebens mit Gleichmut erfahren. Deine Mutter verließ mich, als du noch ein kleines Kind warst, doch sie ließ dich als ihr kostbarstes Geschenk in meinem Schoß zurück. Ich sah dich aufwachsen, sah in deinem Gesicht ihr Spiegelbild – wie Sterne, die sich im stillen Wasser eines Teiches spiegeln. Dein Charakter, deine Anmut, deine Worte – alles trug ihren Hauch.

Du warst mein Trost, mein Licht in dieser Welt, weil du sie in jeder Geste und jedem Blick verkörpert hast.

Nun bin ich alt, mein Kind, und mein Ruheplatz liegt zwischen den Flügeln des Todes. Sei getröstet, denn ich werde in dir weiterleben. Mein Abschied heute unterscheidet sich nicht von einem Abschied morgen oder übermorgen – unsere Tage fallen wie die Blätter des Herbstes. Die Stunde meines Abschieds rückt näher, und meine Seele sehnt sich nach der Wiedervereinigung mit deiner Mutter.“

Während er sprach, hellte sich sein Gesicht auf, als wäre seine Seele bereits im Begriff, sich zu lösen. Dann tastete er unter sein Kissen und zog ein kleines Bild in einem goldenen Rahmen hervor. Seine Augen ruhten darauf, als wäre es eine Tür zu vergangenen Tagen.

„Komm, Selma", sagte er leise, „sieh deine Mutter an."

Mit zitternden Händen nahm Selma das Bild. Sie wischte sich die Tränen aus den Augen und betrachtete es lange. Dann presste sie es an ihre Lippen, küsste es wieder und wieder, während ein leiser Ruf aus ihrem Herzen brach:

„Oh, meine geliebte Mutter! Oh, Mutter!"

Sie hielt das Bild so fest, als könne sie ihre Seele darin verankern, als wollte sie sich in dieses kleine Stück Vergangenheit retten.

Das schönste Wort auf den Lippen der Menschheit ist das Wort Mutter, und der süßeste Ruf ist meine Mutter. Es ist ein Wort, das Hoffnung und Liebe in sich trägt, das aus der Tiefe des Herzens kommt. Die Mutter ist alles – Trost in der Trauer, Hoffnung im Elend, Stärke in der Schwäche. Sie ist die Quelle der Liebe, der Barmherzigkeit, des Mitgefühls.

Wer seine Mutter verliert, verliert eine Seele, die ihn segnet, eine Stimme, die ihn schützt, auch wenn sie nicht mehr spricht.

Alles in der Natur zeugt von der Mutter. Die Sonne ist die Mutter der Erde, sie nährt sie und verlässt sie nie, bis sie am Abend sanft in den Schlaf gesungen wird vom Murmeln der Bäche und dem Lied der Vögel. Die Erde ist die Mutter der Bäume und Blumen, sie trägt und pflegt sie, bis sie stark genug sind, ihre eigene Saat weiterzugeben. Und die Mutter selbst ist der ewige Geist, das Abbild aller Schönheit und aller Liebe.

Selma kannte ihre Mutter nicht – sie war noch ein Säugling gewesen, als der Tod sie ihr nahm. Doch als sie in das Gesicht auf dem Bild sah, brach der Schmerz aus ihr hervor.

„Oh, Mutter!", rief sie, und das Wort klang wie ein Gebet, das aus der Tiefe ihres Wesens aufstieg.

Das Wort Mutter liegt verborgen in unseren Herzen, und in Stunden des Glücks wie des Leids bahnt es sich den Weg auf unsere Lippen – so wie der Duft aus dem Herzen der Rose steigt, sich mit der reinen Luft des Morgens oder dem trüben Dunst der Dämmerung vermischt.

Selma starrte lange auf das Bild, küsste es wieder und wieder, bis sie schließlich am Bett ihres Vaters zusammensank, als hätte sie keine Kraft mehr, sich dem Schmerz zu widersetzen.

Sanft legte der alte Mann seine zitternden Hände auf ihren Kopf und sagte: „Ich habe dir, mein liebes Kind, ein Bild deiner Mutter gezeigt. Jetzt hör mir zu, und ich werde dich ihre Stimme hören lassen."

Selma hob den Kopf, langsam, vorsichtig, wie ein Vogel im Nest, der den Flügelschlag seiner Mutter erahnt. Ihre Augen waren auf ihn gerichtet, aufmerksam, lauschend – als könne das Echo einer verlorenen Stimme sie trösten.

Farris Effandi öffnete den Mund und sprach mit sanfter Stimme: „Deine Mutter war stark in ihrem Kummer. Als sie ihren Vater verlor, weinte sie, doch sie hielt stand. Sie saß hier, in diesem Zimmer, gleich nach der Beerdigung, hielt meine Hand und sagte: ‚Farris, mein Vater ist nun gegangen, und du bist mein einziger Trost auf dieser Welt. Die Gefühle des Herzens gleichen den Zweigen einer Zeder; wenn der Baum einen starken Ast verliert, leidet er, doch er stirbt nicht. Er sammelt seine Kraft und leitet sie in den nächsten Ast, damit er wächst und die Lücke füllt.'

Das hat mir deine Mutter gesagt, als ihr Vater starb. Und du, Selma, solltest dasselbe sagen, wenn meine Seele in Gottes Obhut zurückkehrt und mein Körper an seinen Ruheplatz gelangt."

Selma sah ihn mit tränenerfüllten Augen an, ihr Herz zerrissen von Schmerz.

„Aber als meine Mutter ihren Vater verlor, hast du seinen Platz eingenommen," sagte sie mit bebender Stimme. „Wer wird deinen Platz einnehmen, wenn du nicht mehr da bist? Sie fand Trost in einem liebevollen Ehemann, sie hatte mich an ihrer Seite. Doch wer wird mich trösten, wenn du gehst? Du warst mein Vater und meine Mutter, mein Gefährte in der Jugend und mein Schutz in der Not."

Dann wandte sie sich zu mir, hielt sich an meinem Gewand fest, als suche sie darin Halt, und sprach: „Dies ist der einzige Freund, der mir bleibt, wenn du gehst. Aber wie kann er mich trösten, wenn er selbst leidet? Wie kann ein zerbrochenes Herz Trost in einer enttäuschten Seele finden? Eine traurige Frau kann sich nicht an den Kummer ihres Nächsten lehnen, und ein Vogel mit gebrochenen Flügeln kann nicht fliegen. Er ist der Freund meiner Seele, aber ich habe ihm eine Last aufgebürdet, die seine Schultern beugt. Ich habe seine Augen mit meinen Tränen verdunkelt, bis er nichts als Dunkelheit sehen kann. Er ist wie ein Bruder für mich, doch wie alle Brüder kann er nur meinen Kummer teilen, mir helfen, Tränen zu vergießen – Tränen, die meine Bitterkeit nicht lindern, sondern mein Herz weiter verbrennen."

Ihre Worte trafen mich wie eine Klinge ins Herz. Ich fühlte, wie meine Kraft schwand, wie ich in einem Abgrund aus Schmerz versank.

Farris Effandi, von der Last der Jahre gezeichnet, hörte ihr in Stille zu. Sein Körper zitterte wie das Licht einer Lampe, die im Wind flackert. Dann streckte er seine Hand aus, als wolle er sie von dieser Qual befreien, und sprach leise: „Lass mich gehen, mein Kind. Ich habe die Gitter dieses Käfigs zerbrochen; halte mich nicht zurück, denn deine Mutter ruft mich. Der Himmel ist klar, das Meer ist ruhig, und das Boot wartet darauf, in die Weite zu gleiten. Verzögere seine Abreise nicht.

Lass meinen Körper ruhen, wo die Ruhe bereits wohnt. Lass meinen Traum enden und meine Seele mit der Morgendämmerung erwachen. Lass deine Seele die meine umarmen und mir den Kuss der Hoffnung geben. Doch lass keine Tränen der Bitterkeit auf meinen Körper fallen, damit die Blumen und das Gras ihnen nicht die Nahrung verweigern. Vergieße keine Tropfen des Elends auf meine Hand, denn sie könnten Dornen über meinem Grab wachsen lassen.

Zeichne keine Linien der Qual auf meine Stirn, denn der Wind könnte sie lesen und sich weigern, den Staub meiner Knochen zu den grünen Prärien zu tragen.

Ich habe dich geliebt, mein Kind, in diesem Leben – und ich werde dich lieben, wenn ich nicht mehr bin. Meine Seele wird über dich wachen, wird dich leiten und schützen, auch wenn du mich nicht mehr siehst."

Dann wandte er sich mir zu. Mit halb geschlossenen Augen musterte er mich, als wolle er mich ein letztes Mal in sein Herz schließen.

„Mein Sohn," sagte er, „sei Selma ein wahrer Bruder, so wie dein Vater es für mich war. Sei ihr Helfer, ihr Trost in der Not. Lass sie nicht in der Trauer versinken, denn um die Toten zu trauern ist ein Irrtum. Erzähle ihr Geschichten vom Leben, singe ihr von der Welt, damit ihr Herz nicht schwer wird.

Wenn du deinen Vater siehst, erinnere ihn an mich. Bitte ihn, dir von unserer Jugend zu erzählen. Und sage ihm, dass ich ihn in der letzten Stunde meines Lebens in der Person seines Sohnes geliebt habe."

Dann herrschte Schweigen. Ich sah, wie die Blässe des Todes in sein Gesicht kroch, sein Blick fern wurde.

Er verdrehte die Augen leicht, sah uns beide an, als könnte er uns kaum noch erkennen, und flüsterte: „Ruft keinen Arzt, denn er würde mit seiner Medizin nur meine Ketten verlängern. Die Tage der Sklaverei sind vorbei, und meine Seele sucht die Freiheit des Himmels.

Ruft keinen Priester, denn seine Gebete können mich nicht retten, wenn ich ein Sünder wäre, und nicht in den Himmel führen, wenn ich rein bin. Der Wille der Menschen kann den Willen Gottes nicht beugen, so wie ein Sterngucker den Lauf der Gestirne nicht lenken kann.

Doch nach meinem Tod sollen die Ärzte und Priester tun, was sie wollen – mein Schiff wird weitersegeln, bis es sein Ziel erreicht."

Es war Mitternacht. Farris Effandi öffnete seine müden Augen zum letzten Mal und richtete sie auf Selma, die neben seinem Bett kniete.

Er versuchte zu sprechen, doch der Tod hatte ihm bereits die Stimme genommen. Nur ein letztes, heiseres Flüstern entrang sich seinen Lippen: „Die Nacht ist vorbei … Oh, Selma … Oh … Oh, Selma …"

Dann neigte er den Kopf. Sein Gesicht wurde weiß, und ein leises Lächeln schlich sich auf seine Lippen, während er seinen letzten Atemzug tat.

Selma tastete nach seiner Hand – sie war kalt.

Dann hob sie den Kopf und sah ihm ins Gesicht. Der Schleier des Todes hatte sich über seine Züge gelegt.

Sie konnte weder weinen noch seufzen, nicht einmal atmen. Einen Moment lang starrte sie ihn an, ihre Augen leer, ihr Körper regungslos wie eine Statue.

Dann sank sie langsam zu Boden, beugte sich, bis ihre Stirn die Erde berührte, und flüsterte: „Oh Herr, erbarme dich … und heile unsere gebrochenen Flügel."

Farris Effandi Karamy war gestorben. Seine Seele wurde von der Ewigkeit umarmt, sein Körper der Erde zurückgegeben.

Mansour Bey Galib bekam sein Erbe. Und Selma wurde eine Gefangene – nicht in den Händen eines Mannes, sondern in den Fesseln eines Lebens voller Kummer und Elend.

Ich verlor mich in Trauer und Träumerei. Die Tage und Nächte jagten mich, wie der Adler seine hilflose Beute zerreißt.

Ich suchte Vergessen in Büchern, in den Schriften vergangener Generationen, doch es war, als wolle ich Feuer mit Öl löschen. Ich konnte in der Prozession der Vergangenheit nichts als Tragödien sehen, nichts als Weinen und Wehklagen hören.

Das Buch Hiob berührte mich mehr als die Psalmen, und ich zog die Klagelieder Jeremias dem Hohelied Salomos vor. Hamlet lag mir näher als alle anderen Dramen der westlichen Dichter.

So blendet uns die Verzweiflung, vernebelt unsere Sicht, verschließt unsere Ohren. Wir sehen nichts als die Schatten des Untergangs und hören nur das dumpfe Echo unserer aufgewühlten Herzen.

KAPITEL 8
ZWISCHEN CHRISTUS UND ISCHTAR

Inmitten der Gärten und Hügel, die Beirut mit dem Libanon verbinden, steht ein kleiner, uralter Tempel, aus weißem Fels gehauen, umgeben von Oliven, Mandel und Weidenbäumen. Abseits der Hauptstraße, kaum besucht von jenen, die nach alten Relikten suchen, war er einst ein verborgener, vergessener Ort – ein Zufluchtsort für Gläubige, ein Schrein für einsame Liebende.

Tritt man ein, fällt der Blick auf die Ostwand, wo ein uraltes phönizisches Relief in den Stein gehauen ist. Ishtar, Göttin der Liebe und Schönheit, thront in der Mitte, umgeben von sieben nackten Jungfrauen. Jede trägt ein Symbol: eine Fackel, eine Gitarre, ein Weihrauchfass, einen Krug Wein, einen Rosenzweig, einen Lorbeerkranz, Pfeil und Bogen. Ihre Augen ruhen ehrfürchtig auf Ishtar.

An der zweiten Wand ein weiteres Bild – moderner, byzantinisch: Christus, ans Kreuz geschlagen, neben ihm seine Mutter, Maria Magdalena und zwei weinende Frauen. Ein Werk aus dem fünfzehnten oder sechzehnten Jahrhundert, Zeuge einer anderen Zeit.

Durch zwei runde Öffnungen in der Westwand brechen Sonnenstrahlen in das Halbdunkel, tauchen die Bilder in goldenes Licht, als wären sie mit flüssigem Feuer bemalt. In der Mitte des Tempels ein quadratischer Marmorblock, seine Seiten mit alten Malereien bedeckt, überzogen von versteinerten Blutspuren – stumme Zeugen vergangener Opfergaben, von Wein, Öl und Weihrauch.

In diesem Tempel herrscht tiefes Schweigen. Es flüstert von Göttinnen und Göttern, von vergessenen Völkern, von den Wandlungen der Religion. Ein Ort, der den Dichter fortträgt in eine Welt jenseits der Zeit, den Philosophen lehrt, dass der Mensch mit einer Sehnsucht nach dem Unsichtbaren geboren wurde – ein Wesen, das Symbole schuf, um das Unbegreifliche zu deuten.

Hier, in diesem verborgenen Tempel, traf ich Selma einmal im Monat. Wir saßen zwischen den steinernen Abbildern, betrachteten die Gestalt des Gekreuzigten, erinnerten uns an die Phönizier, die Ishtar in Weihrauch und Parfüm hüllten, und dachten an jene, deren Namen nur noch ein Echo in der Unendlichkeit sind.

Es fällt mir schwer, diese Stunden in Worte zu fassen – Stunden, in denen Himmel und Schmerz eins waren, Glück und Kummer, Hoffnung und Verzweiflung.

Wir trafen uns heimlich, sprachen von vergangenen Zeiten, von unserer Gegenwart, fürchteten unsere Zukunft. Mit jedem Treffen legten wir die Geheimnisse unserer Herzen frei, beklagten unser Leid, versuchten uns mit Hoffnungen zu trösten, die kaum mehr als Träume waren. Manchmal schwiegen wir, trockneten unsere Tränen, lächelten und vergaßen für einen Moment alles außer der Liebe. Wir hielten einander fest, bis unsere Herzen verschmolzen, bis Selma mir einen sanften Kuss auf die Stirn drückte, mein Innerstes mit süßer Ekstase füllte. Ich erwiderte den Kuss, während sie ihren elfenbeinfarbenen Hals neigte, ihre Wangen sich röteten wie die ersten Strahlen der Morgensonne auf den Hügeln. Schweigend schauten wir in die Ferne, wo die Wolken vom Licht des Sonnenuntergangs in Gold und Purpur getaucht wurden.

Doch unsere Gespräche drehten sich nicht nur um die Liebe. Wir sprachen über die Welt, über die Stellung der Frau in der Gesellschaft, über die Narben, die die Vergangenheit auf ihrer Seele hinterlassen hatte. Ich erinnere mich, wie Selma sagte: „Dichter und Schriftsteller versuchen, das Wesen der Frau zu erfassen, doch bis heute haben sie die Geheimnisse ihres Herzens nicht begriffen. Sie sehen sie durch den Schleier des Begehrens und erkennen nur die äußere Hülle. Sie blicken auf sie durch das Glas der Verachtung und finden nichts als Schwäche und Unterwerfung."

„Im Herzen dieses Felsens", sagte Selma eines Tages und wies auf die geschnitzten Bilder an den Wänden des Tempels, „gibt es zwei Symbole, die das Wesen der Wünsche einer Frau verkörpern, die verborgenen Geheimnisse ihrer Seele offenbaren – jene Sehnsucht, die sich zwischen Liebe und Schmerz bewegt, zwischen Zuneigung und Aufopferung, zwischen Ishtar, die auf dem Thron sitzt, und Maria, die neben dem Kreuz steht. Der Mann kauft Ruhm und Ansehen, aber die Frau zahlt den Preis."

Niemand außer Gott und den Vögeln, die über den Tempel flogen, wusste von unseren geheimen Treffen. Selma kam in ihrer Kutsche bis zu einem Ort namens Pasha Park und ging von dort zu Fuß. Ich wartete auf sie, voller Unruhe.

Doch wir fürchteten weder die wachsamen Augen der Menschen noch plagte uns unser Gewissen. Ein Geist, der durch Feuer gereinigt und von Tränen gewaschen wurde, steht über den engen Maßstäben der Welt. Er ist frei von den Ketten alter Bräuche, von den Gesetzen einer Gesellschaft, die gegen das Herz arbeitet. Ein solcher Geist kann ohne Scham vor dem Thron Gottes stehen.

Die Menschheit hat sich siebzig Jahrhunderte lang den korrupten Regeln der Mächtigen unterworfen, bis sie den Sinn der höheren, ewigen Gesetze nicht mehr begreifen kann. Die Augen der Menschen, geblendet vom schwachen Licht flackernder Kerzen, ertragen das Strahlen der Sonne nicht mehr. Geistige Krankheiten vererben sich von Generation zu Generation, bis sie so tief in den Menschen wurzeln, dass sie sie nicht mehr als Krankheit erkennen. Sie halten sie für eine Gabe Gottes, für ein Erbe Adams. Und wenn ein Mensch erscheint, der frei ist von dieser Seuche, begegnen sie ihm mit Verachtung.

Diejenigen, die schlecht über Selma Karamy sprechen, weil sie das Haus ihres Mannes verließ, um mich im Tempel zu treffen, sind dieselben, die Sklaverei für Tugend halten und Freiheit für Verderbnis. Sie sind wie Insekten, die im Dunkeln kriechen, aus Angst, von der Wahrheit zertreten zu werden.

Der Gefangene, der die Tür seiner Zelle öffnen könnte, es aber nicht tut, ist ein Feigling. Selma war eine unschuldige Gefangene, gefesselt von unsichtbaren Ketten. War sie schuldig, weil sie durch das vergitterte Fenster nach draußen sah, weil ihr Blick über die grünen Felder und den offenen Himmel schweifte? War sie ihrem Mann untreu, weil sie von seinem Haus zu mir kam, um zwischen Christus und Ishtar zu sitzen?

Die Menschen mögen sagen, was sie wollen. Selma hatte die Sümpfe durchquert, in denen andere Seelen versinken, und war in eine Welt gelangt, die nicht durch das Heulen der Wölfe oder das Zischen der Schlangen erreicht werden konnte. Sie mögen über mich sprechen, wie es ihnen gefällt. Doch ein Geist, der dem Schatten des Todes begegnet ist, fürchtet keine Fratzen aus Fleisch. Ein Soldat, der das Funkeln der Schwerter über seinem Kopf und das Blut zu seinen Füßen gesehen hat, schert sich nicht um die Steine, die spielende Kinder auf ihn werfen.

KAPITEL 9
DAS OPFER

Eines Tages Ende Juni, als die Menschen die Stadt verließen und in die Berge flohen, um der drückenden Hitze zu entkommen, ging ich wie gewohnt zum Tempel, um Selma zu treffen. Ich hatte ein kleines Buch mit andalusischen Gedichten bei mir. Während ich auf sie wartete, ließ ich meinen Blick über die Seiten wandern, rezitierte Verse, die mein Herz mit Ekstase erfüllten, und erinnerte mich an die Könige, Dichter und Ritter, die Granada Lebewohl sagten – mit Tränen in den Augen, mit Kummer im Herzen, ihre Paläste, ihre Hoffnungen hinter sich lassend.

Nach einer Stunde sah ich Selma durch die Gärten gehen. Sie näherte sich langsam, gestützt auf ihren Sonnenschirm, als trüge sie die Sorgen der ganzen Welt auf ihren Schultern. Als sie den Tempel betrat und sich neben mich setzte, erkannte ich einen Schatten in ihren Augen, eine Veränderung, die ich nicht benennen konnte. Ich wollte fragen, doch bevor ich ein Wort sagen konnte, legte sie ihre Hand auf meinen Kopf und sagte:

„Komm näher zu mir, mein Geliebter. Komm, lass mich meinen Durst stillen – denn die Stunde der Trennung ist gekommen."

Erschrocken fragte ich: „Hat dein Mann von unseren Treffen erfahren?"

Sie schüttelte den Kopf. „Mein Mann kümmert sich nicht um mich. Er fragt nicht, wo ich bin, noch wie ich meine Zeit verbringe. Er ist mit jenen armen Mädchen beschäftigt, die die Armut in die Häuser der Schande getrieben hat – Mädchen, die ihre Körper für ein Stück Brot verkaufen, geknetet aus Blut und Tränen."

Ich sagte: „Was hält dich dann davon ab, hierher zu kommen und ehrfürchtig neben mir vor Gott zu sitzen? Verlangt deine Seele unsere Trennung?"

Ihre Augen füllten sich mit Tränen. „Nein, mein Geliebter, mein Geist hat nicht um Trennung gebeten, denn du bist ein Teil von mir. Meine Augen werden nie müde, dich anzusehen, denn du bist ihr Licht. Aber wenn das Schicksal mir einen Weg voller Fesseln bestimmt hat, könnte ich dann ertragen, dass dein Schicksal dem meinen gleicht?"

Sie schwieg einen Moment, dann fuhr sie leise fort: „Ich kann nicht alles sagen, denn meine Zunge ist stumm vor Schmerz. Meine Lippen sind versiegelt von Kummer. Alles, was ich dir sagen kann, ist, dass ich Angst habe – Angst, dass du in dieselbe Falle tappen könntest wie ich."

„Was meinst du, Selma? Vor wem hast du Angst?"

Sie bedeckte ihr Gesicht mit den Händen. „Der Bischof hat herausgefunden, dass ich einmal im Monat das Grab verlasse, in das er mich lebendig begraben hat."

Ich erstarrte. „Hat er von unseren Treffen erfahren?"

„Wenn er es wüsste, säße ich jetzt nicht neben dir. Aber er wird misstrauisch. Er hat seine Diener und Wächter angewiesen, mich zu beobachten. Ich habe das Gefühl, dass das Haus, in dem ich lebe, und der Weg, den ich gehe, voller Augen sind, die mich verfolgen, voller Finger, die auf mich zeigen, voller Ohren, die dem Flüstern meiner Gedanken lauschen."

Sie schwieg eine Weile, dann liefen ihr Tränen über die Wangen. „Ich fürchte mich nicht vor dem Bischof – die Nässe schreckt die Ertrunkene nicht mehr. Aber ich fürchte um dich. Du bist jung, frei wie das Sonnenlicht, und ich fürchte, du könntest in seine Falle tappen. Ich fürchte nicht das Schicksal, das all seine Pfeile in meine Brust geschossen hat. Doch ich fürchte, die Schlange könnte dich in den Fuß beißen und dich daran hindern, den Gipfel des Berges zu erreichen, wo dich die Zukunft mit ihren Freuden und ihrem Ruhm erwartet."

Ich sah sie lange an und sagte dann: „Wer nicht von den Schlangen des Lichts gebissen und von den Wölfen der Dunkelheit gejagt wurde, wird von den Tagen und Nächten betrogen. Aber sag mir, Selma – ist Trennung das einzige Mittel, um den Übeln und Gemeinheiten der Menschen zu entkommen? Ist der Weg der Liebe und Freiheit versperrt, und bleibt uns nichts anderes übrig, als uns dem Willen der Sklaven des Todes zu unterwerfen?"

Sie senkte den Blick. „Nichts bleibt uns übrig", flüsterte sie. „Nichts außer Trennung."

Mit rebellischem Geist nahm ich ihre Hand, meine Stimme bebte vor Aufruhr.

„Zu lange schon haben wir uns dem Willen anderer gebeugt", sagte ich. „Von unserer ersten Begegnung an bis zu dieser Stunde ließen wir uns von den Blinden führen, beteten mit ihnen vor ihren Götzen. Seit ich dich traf, waren wir nichts als Spielfiguren in den Händen des Bischofs, der uns nach Belieben hin und her geworfen hat. Werden wir uns weiter seinem Willen unterwerfen, bis der Tod uns holt? Hat Gott uns den Atem des Lebens gegeben, damit wir ihn dem Tod unter die Füße legen? Hat er uns die Freiheit geschenkt, nur damit wir sie in den Schatten der Sklaverei verwandeln?

Wer das Feuer seines Geistes mit eigenen Händen erstickt, ist in den Augen des Himmels ein Ungläubiger

– denn es war der Himmel selbst, der diese Flamme entzündet hat. Wer sich der Unterdrückung nicht widersetzt, begeht Verrat an sich selbst. Ich liebe dich, Selma, und du liebst mich. Und Liebe ist ein Schatz, göttlich, rein, ein Geschenk an die Seelen, die fühlen und begreifen. Sollen wir diesen Schatz wegwerfen? Sollen wir zulassen, dass er von Schweinen zertreten wird?

Diese Welt ist voller Wunder, voller Schönheit – warum leben wir in einem dunklen Tunnel, den der Bischof und seine Diener für uns gegraben haben? Das Leben ist weit, voller Licht und Freiheit. Warum werfen wir nicht dieses schwere Joch ab, zerbrechen die Ketten an unseren Füßen und gehen hinaus, frei, in Richtung Frieden?

Steh auf, Selma! Lass uns diesen engen Tempel verlassen und in Gottes großen Tempel treten! Lass uns dieses Land hinter uns lassen, all seine Sklaverei, all seine Unwissenheit – lass uns fortgehen, in ein anderes Land, weit weg, unerreichbar für die Hände der Diebe. Lass uns im Schutz der Nacht zur Küste eilen, ein Boot besteigen, das uns über das Meer trägt – fort, wo ein neues Leben auf uns wartet, ein Leben voller Glück und Verständnis.

Zögere nicht, Selma! Diese Minuten sind uns kostbarer als die Kronen der Könige, erhabener als die Throne der Engel. Lass uns dem Licht folgen, das uns aus dieser trockenen Wüste hinausführt, hin zu den grünen Feldern, wo Blumen blühen und duftende Kräuter wachsen.“

Sie schüttelte den Kopf, ihre Augen waren in die Ferne gerichtet, auf etwas Unsichtbares. Ein trauriges Lächeln spielte um ihre Lippen.

„Nein, nein, mein Geliebter“, flüsterte sie. „Der Himmel hat mir einen Becher gereicht, gefüllt mit Essig und Galle. Ich habe ihn bis zur Neige getrunken, jede bittere

Tropfen gekostet. Nun bleiben nur noch wenige, und ich werde sie geduldig zu Ende trinken.

Ich bin eines neuen Lebens in Liebe und Frieden nicht würdig. Meine Flügel sind gebrochen – wie soll ich in den weiten Himmel fliegen? Meine Augen, gewöhnt an das flackernde Licht einer Kerze, können nicht in die Sonne blicken.

Sprich nicht von Glück – die Erinnerung daran schmerzt mich. Sprich nicht von Frieden – sein Schatten jagt mir Angst ein. Doch sieh mich an, Geliebter, und ich werde dir das heilige Feuer zeigen, das der Himmel in der Asche meines Herzens entzündet hat.

Du weißt, dass ich dich liebe – so wie eine Mutter ihr einziges Kind liebt. Und weil ich dich liebe, bewahre ich dich selbst vor mir. Es ist die Liebe, geläutert im Feuer, die mich davon abhält, dir zu folgen. Sie tötet meine Wünsche, damit du frei leben kannst. Die begrenzte Liebe verlangt Besitz, doch die unbegrenzte verlangt nur sich selbst.

Liebe, die in der Jugend erwacht, sucht nach Umarmungen und wächst im Begehren. Doch Liebe, die aus den Sternen geboren wurde, die mit dem Geheimnis der Nacht herabgestiegen ist, kämpft nicht um vergängliche Freuden. Sie fürchtet nichts als die Ewigkeit, sie verneigt sich vor nichts außer Gott selbst."

Sie seufzte tief.

„Als ich erfuhr, dass der Bischof mich einsperren will, dass er mir meine einzige Freude nehmen wird, stand ich am Fenster meines Zimmers und blickte hinaus auf das Meer. Ich dachte an die Länder dahinter, an die wahre Freiheit, an die Unabhängigkeit der Seele.

Ich stellte mir vor, dass ich bei dir war, dass ich in deinem Schatten lebte, dass ich mich in deiner Zuneigung verlor wie eine Welle im Ozean.

Doch all diese Gedanken – diese Gedanken, die das Herz einer Frau erheben, sie gegen alte Fesseln aufbegehren lassen – zeigten mir nur meine eigene Schwäche. Ich erkannte, dass unsere Liebe nicht stark genug ist, nicht groß genug, um der Sonne standzuhalten.

Ich weinte, wie ein König weint, dem sein Reich genommen wurde. Doch durch meine Tränen sah ich dein Gesicht, deine Augen, die mich ansahen – und ich erinnerte mich an deine Worte:

‚Komm, Selma, komm, lass uns starke Türme vor dem Sturm sein. Lass uns wie tapfere Soldaten dem Feind entgegentreten. Wenn wir fallen, sterben wir als Märtyrer, und wenn wir siegen, werden wir als Helden leben. Widerstand ist edler als Flucht.‘

Diese Worte, meine Geliebte, sprachst du, als der Tod die Flügel über dem Bett meines Vaters ausbreitete. Ich erinnerte mich an sie gestern, als die Flügel der Verzweiflung über mir schwebten.

Und so stärkte ich mich. Ich fand in der Dunkelheit meines Gefängnisses eine neue Freiheit, eine erhabene Freiheit, die unseren Schmerz mildert und unseren Kummer lindert.

Ich erkannte, dass unsere Liebe so tief ist wie das Meer, so hoch wie die Sterne, so weit wie der Himmel.

Ich bin heute hierhergekommen, um dich zu sehen. In meinem schwachen Geist ist eine neue Kraft erwacht.

Es ist die Kraft, das Größere zu gewinnen, indem man das Große opfert.

Es ist das Opfer meines eigenen Glücks – damit du tugendhaft bleibst, damit du der Verfolgung und dem Verrat der Menschen entgehst."

Früher, wenn ich an diesen Ort kam, fühlte ich mich, als würden mich schwere Ketten niederziehen. Doch heute bin ich mit neuer Entschlossenheit hier, die über die Fesseln lacht und den Weg verkürzt. Früher schlich ich wie ein verängstigter Schatten in diesen Tempel, doch heute trete ich ein als eine Frau, die die Dringlichkeit des Opfers spürt und den wahren Wert des Leidens kennt. Eine Frau, die bereit ist, den Menschen, den sie liebt, zu beschützen – vor der Unwissenheit der Welt und dem gierigen Hunger ihrer Seelen.

Früher saß ich neben dir, zitternd, zerrissen zwischen Angst und Verlangen. Doch heute bin ich hier, um dir mein wahres Ich zu zeigen, vor Ishtar und Christus, vor den Bildern, die Liebe und Aufopferung in Stein gemeißelt tragen.

Ich bin ein Baum, der im Schatten gewachsen ist, und heute strecke ich meine Zweige aus, um einen Augenblick im Licht des Tages zu zittern. Ich bin hierhergekommen, um Lebewohl zu sagen, mein Geliebter – und ich hoffe, dass unser Abschied so groß und furchtbar sein wird wie unsere Liebe. Lass unser Lebewohl sein wie Feuer, das das Gold biegt und es noch strahlender macht."

Sie ließ mich nicht sprechen, ließ mir keine Zeit zu protestieren. Sie sah mich nur an, mit Augen, die funkelten wie Sterne in einer mondlosen Nacht. Ihr Gesicht bewahrte seine Würde, sie erschien mir wie ein Engel, dem nur Schweigen und Ehrfurcht gebührte.

Dann geschah, was nie zuvor geschehen war. Sie warf sich in meine Arme, legte ihre weichen Arme um mich und drückte mir einen langen, tiefen, feurigen Kuss auf die Lippen – ein Kuss, der zugleich Liebe und Abschied war, ein Kuss, der alles sagte, was Worte nicht auszudrücken vermochten.

Die Sonne sank, ihre letzten Strahlen zogen sich aus den Gärten und Obsthainen zurück. Selma trat in die Mitte des Tempels, ließ ihren Blick über die Wände und Bilder gleiten, als wollte sie ihre Augen auf ihnen zurücklassen, sie für immer in Stein brennen. Dann ging sie vorwärts, kniete ehrfürchtig vor dem Bild Christi nieder, küsste seine Füße und flüsterte:

„Oh Christus, ich habe Dein Kreuz gewählt und Ishtars Welt der Freude und des Glücks verlassen. Ich habe den Dornenkranz getragen und den Lorbeerkranz abgelegt. Ich habe mich mit Blut und Tränen gewaschen statt mit Duft und Parfüm. Ich habe Essig und Galle aus einem Becher getrunken, der für Wein und Nektar bestimmt war. Nimm mich, mein Herr, in Deine Gemeinschaft auf und führe mich nach Galiläa, zu denen, die Dich gewählt haben, die mit ihrem Leiden gerungen und ihre Sorgen als Zeichen ihrer Hingabe getragen haben."

Dann stand sie auf, sah mich an und sprach leise: „Jetzt werde ich glücklich in meine dunkle Höhle zurückkehren, in der schreckliche Geister wohnen. Habe kein Mitleid mit mir, mein Geliebter. Bemitleide mich nicht, denn die Seele, die einmal den Schatten Gottes gesehen hat, wird nie wieder Angst vor den Geistern der Dunkelheit haben. Und das Auge, das einmal in den Himmel geblickt hat, wird nicht durch die Schmerzen der Welt geschlossen werden."

Mit diesen Worten verließ Selma den Tempel. Ich blieb zurück, verloren in einem Meer aus Gedanken, versunken in einer Welt der Offenbarung – einer Welt, in der Gott auf dem Thron sitzt, die Engel die Taten der Menschen niederschreiben, und die Seelen die Tragödie des Lebens rezitieren, während die Bräute des Himmels Hymnen auf Liebe, Leid und Unsterblichkeit singen.

Die Nacht war längst hereingebrochen, als ich aus meiner Ohnmacht erwachte. Ich fand mich allein inmitten der Gärten, das Echo von Selmas Worten in meinem Geist widerhallend. Ich erinnerte mich an ihr Schweigen, an ihre Bewegungen, an den Ausdruck in ihren Augen, an die Berührung ihrer Hände – bis mir die ganze Bedeutung dieses Abschieds und der Schmerz der Einsamkeit bewusst wurde.

Es war die erste bittere Erkenntnis meines Lebens: dass der Mensch, auch wenn er frei geboren wird, doch immer Sklave der Gesetze seiner Vorfahren bleibt. Dass das Firmament, das wir für ewig und unveränderlich halten, in Wahrheit die Unterwerfung des Heute unter den Willen des Gestern und des Morgens ist.

Oft habe ich seit jener Nacht an das Gesetz gedacht, das Selma den Tod dem Leben vorziehen ließ. Oft habe ich die Würde des Opfers mit dem Glück der Rebellion verglichen, um zu begreifen, was edler, was schöner ist.

Doch nur eine Wahrheit habe ich aus all dem herausgefiltert: Aufrichtigkeit.

Denn es ist die Aufrichtigkeit, die unsere Taten schön und ehrenhaft macht.

Und diese Aufrichtigkeit lebte in Selma Karamy.

KAPITEL 10
DER RETTER

Fünf Jahre verstrichen in Selmas Ehe, fünf Jahre, in denen keine Kinder geboren wurden, die die unsichtbaren Fäden zwischen ihr und ihrem Mann hätten stärken, die Kluft zwischen ihren widersprüchlichen Seelen hätten überbrücken können.

Eine kinderlose Frau wird überall mit Verachtung betrachtet, denn die meisten Männer sehnen sich danach, sich in ihren Nachkommen fortzusetzen. Der wohlhabende Mann sieht seine unfruchtbare Frau als Feindin, er verachtet sie, verstößt sie und wünscht insgeheim ihren Tod.

Mansour Bey Galib war ein solcher Mann. Sein Herz war wie Erde – kalt, fest und karg. Sein Geist hart wie Stahl, seine Seele gierig wie ein Grab. Sein ungestillter Wunsch nach einem Erben, der seinen Namen weitertrüge, ließ ihn Selma, trotz ihrer Schönheit und Sanftmut, mit wachsendem Hass betrachten.

Ein Baum, der in einer Höhle wächst, trägt keine Früchte. Und Selma, gefangen im Schatten eines lieblosen Lebens, blieb ohne Kinder.

Die Nachtigall baut ihr Nest nicht in einem Käfig, denn sie will ihren Küken nicht die Sklaverei vererben. Selma war eine Gefangene des Elends – und es war, als hätte der Himmel entschieden, dass sie keinen weiteren Gefangenen in ihre Welt holen sollte.

Die Blumen des Feldes sind die Kinder der Sonne und der Umarmung der Natur. Und die Kinder der Menschen sind die Blüten der Liebe und des Mitgefühls.

Doch Liebe und Mitgefühl wuchsen niemals in dem prächtigen Haus in Ras Beirut, in dem Selma lebte. Und doch – Nacht für Nacht kniete sie nieder, hob flehend die Hände zum Himmel und betete um ein Kind, das ihr Trost schenken, das ihr Freude bringen würde.

Immer wieder sprach sie ihre Gebete – und eines Tages, als ob der Himmel ihr endlich geantwortet hätte, geschah das Wunder.

Der Baum in der Höhle begann zu blühen. Die Nachtigall im Käfig begann, ihr Nest aus den Federn ihrer eigenen Flügel zu bauen.

Selma streckte ihre gefesselten Arme empor, um Gottes kostbares Geschenk zu empfangen, und nichts auf dieser Welt hätte sie glücklicher machen können als die Gewissheit, Mutter zu werden.

Tag um Tag wartete sie sehnsüchtig, zählte die Stunden, blickte hoffnungsvoll in die Zukunft – zu der Zeit, in der die süßeste Melodie des Himmels, die Stimme ihres Kindes, ihr Ohr erfüllen würde. Durch ihre Tränen hindurch sah sie das erste Licht eines neuen Morgens.

Dann kam der Monat Nisan, und Selma lag auf dem Bett der Geburt – jenem schmalen Grat zwischen Leben und Tod, wo sich der ewige Kampf zwischen Schöpfung und Vergänglichkeit abspielt.

Der Arzt und die Hebamme standen bereit, das neue Leben in diese Welt zu bringen. Spät in der Nacht begann Selma zu schreien – ein Schrei der Trennung, ein Schrei des Lebens, das sich vom Leben löst. Ein Schrei der Fortsetzung im unermesslichen Raum des Nichts. Ein Schrei der Ohnmacht vor den gewaltigen Kräften des Universums. Ein Schrei der armen Selma, die zwischen Leben und Tod unterging.

Als das Morgengrauen anbrach, brachte Selma einen kleinen Jungen zur Welt. Sie öffnete die Augen und sah lächelnde Gesichter um sich. Dann schaute sie erneut hin – und sah, dass Leben und Tod noch immer neben ihrem Bett rangen.

Sie schloss die Augen, weinte, und zum ersten Mal flüsterte sie: „Oh, mein Sohn."

Die Hebamme wickelte das Kind in Seidentücher und legte es neben seine Mutter. Doch der Arzt stand reglos da, sah Selma an und schüttelte langsam den Kopf.

Draußen erfüllten Freudenschreie die Straßen. Die Nachbarn eilten herbei, um dem Vater zu gratulieren – seinem neugeborenen Erben. Doch der Arzt stand noch immer über Selma gebeugt, sein Blick auf Mutter und Kind gerichtet, und sein Kopf schüttelte sich voller Trauer.

Die Diener eilten, um Mansour Bey die frohe Botschaft zu überbringen, während in der großen Halle des Hauses das Fest begann. Doch der Arzt stand noch immer neben Selma, sein Blick auf Mutter und Kind gerichtet, sein Gesicht voller Enttäuschung und stiller Trauer.

Als die Sonne über den Horizont stieg, nahm Selma ihr Kind an die Brust. Es öffnete zum ersten Mal die Augen, sah seine Mutter an – und dann, mit einem kaum merklichen Zittern, schloss es sie für immer.

Der Arzt trat vor, nahm das kleine Bündel aus Selmas Armen. Tränen rollten über seine Wangen, als er flüsterte: „Er ist ein abreisender Gast."

Das Kind starb, während in der Halle Gelächter und Jubelrufe erklangen, während Nachbarn mit dem Vater tranken, auf das Wohl seines Erben anstießen, als wäre das Leben unantastbar, als wäre das Glück von Dauer.

Selma hob die Augen zum Arzt, ihre Stimme ein verzweifeltes Flehen: „Gib mir mein Kind und lass es mich umarmen."

Doch während ihr Kind tot in den Armen des Arztes lag, wurde das Geräusch der Trinkbecher lauter.

Er wurde im Morgengrauen geboren und starb bei Sonnenaufgang. Er kam in diese Welt wie ein flüchtiger Gedanke, verging wie ein Seufzer, verschwand wie ein Schatten im ersten Licht des Tages. Er lebte nicht lange genug, um seiner Mutter Trost zu spenden oder von ihrer Liebe genährt zu werden. Sein Leben begann am Ende der Nacht und erlosch mit dem ersten Schimmer des Tages – wie ein paar Tropfen, die von den Augen der Dunkelheit geweint und von der Berührung des Lichts getrocknet wurden. Eine Perle, von der Flut an die Küste getragen und von der Ebbe ins dunkle Meer zurückgerissen. Eine Lilie, die gerade erst aus der Knospe des Lebens erblühte und unter den Füßen des Todes zerquetscht wurde. Ein geliebter Gast, dessen Ankunft Selmas Herz erhellte und dessen Abschied ihre Seele vernichtete.

Dies ist das Leben der Menschen. Das Leben der Nationen. Das Leben der Sonnen, Monde und Sterne.

Selma richtete ihren Blick auf den Arzt, ihre Stimme ein leiser, flehender Schrei: „Gib mir mein Kind und lass es mich umarmen. Gib mir mein Kind und lass mich es stillen."

Der Arzt senkte den Kopf. Seine Stimme zitterte, als er sagte: „Ihr Kind ist tot, Madame. Haben Sie Geduld."

Als Selma diese Worte hörte, stieß sie einen furchtbaren Schrei aus – einen Schrei, der die Luft zerriss, der durch die Wände des Hauses drang, ein Schrei, in dem das ganze Gewicht ihrer Liebe und ihres Verlustes lag.

Dann, einen Moment lang, wurde sie still.

Und plötzlich lächelte sie. Ihr Gesicht leuchtete auf, als hätte sie etwas entdeckt, etwas, das nur sie sehen konnte.

Leise, fast zärtlich, sagte sie: „Gib mir mein Kind. Bring es zu mir, und lass mich sehen, wie es tot ist."

Der Arzt trat leise an Selmas Bett, legte das tote Kind in ihre Arme. Sie schloss es fest an sich, drehte ihr Gesicht zur Wand und flüsterte sanft:

„Du bist gekommen, um mich mitzunehmen, mein Kind. Du bist gekommen, um mir den Weg zu zeigen, der zur Küste führt. Hier bin ich, mein Kind – führe mich hinaus, lass uns diese dunkle Höhle verlassen."

Ein Sonnenstrahl drang durch den Fenstervorhang, fiel still auf die zwei reglosen Körper, die in tiefem Frieden auf dem Bett lagen, umhüllt von der Stille, bewacht von den Flügeln des Todes.

Der Arzt verließ das Zimmer mit Tränen in den Augen. Als er den großen Saal erreichte, erstickten die Feierlichkeiten in einem plötzlichen Schweigen. Doch Mansour Bey Galib rührte sich nicht. Kein Wort, keine Träne. Er stand da, unbeweglich wie eine Statue, den Trinkbecher noch immer in der Hand.

Am zweiten Tag wurde Selma in ihr weißes Hochzeitskleid gehüllt und in den Sarg gelegt. Das Leichentuch des Kindes war sein Wickeltuch, sein Sarg die Arme seiner Mutter, sein Grab ihre ruhige Brust. Zwei Körper in einem Sarg.

Ehrfürchtig schritt ich mit der Menge, die Selma und ihr Kind zu ihrer letzten Ruhestätte begleitete. Als wir den Friedhof erreichten, erhob Bischof Galib seine Stimme zum Gesang, während die anderen Priester beteten.

Ihre Gesichter trugen den leeren Ausdruck der Unwissenheit, als wäre der Tod nichts weiter als ein Ritual, als könnte ein Leben in ein paar Phrasen aufgelöst werden.

Der Sarg wurde hinabgelassen. Ein Flüstern ging durch die Menge.

„Das ist das erste Mal, dass ich zwei Leichen in einem Sarg sehe."

„Es ist, als wäre das Kind gekommen, um seine Mutter aus den Händen ihres erbarmungslosen Mannes zu befreien."

„Seht Mansour Bey an – er starrt in den Himmel, als wären seine Augen aus Glas. Als hätte er nicht Frau und Kind an einem Tag verloren."

„Sein Onkel, der Bischof, wird ihn morgen mit einer reicheren und einflussreicheren Frau vermählen."

Die Stimmen klangen ab. Die Gebete verstummten. Der Totengräber schaufelte die letzte Erde über den frischen Grabhügel.

Die Menge trat nach vorn, um dem Bischof und seinem Neffen mit leeren Worten der Anteilnahme zu huldigen. Doch niemand kam zu mir. Niemand sprach mein Leid an, als hätte Selma mir nichts bedeutet.

Die Trauergemeinde zog sich zurück. Der Totengräber blieb allein, die Schaufel noch in der Hand, schweigend neben dem neuen Grab.

Ich trat auf ihn zu.

„Erinnerst du dich, wo Farris Effandi Karamy begraben wurde?"

Der Mann sah mich kurz an, dann zeigte er auf Selmas Grab.

„Genau hier. Ich habe seine Tochter auf ihn gelegt. Und an der Brust seiner Tochter ruht ihr Kind. Und über alles habe ich mit dieser Schaufel die Erde geworfen."

Ich nickte, als könnte ich die Schwere dieser Worte begreifen. Dann sagte ich: „In diesem Grab hast du auch mein Herz begraben."

Der Totengräber verschwand zwischen den Pappeln. Ich konnte nicht mehr widerstehen, ließ mich auf Selmas Grab nieder – und weinte.

NACHWORT

KHALIL GIBRANS LEBEN – ZWISCHEN WELTEN GEBOREN

In den tiefen Zedernwäldern von Bsharri, wo das Libanongebirge wie ein schweigender Wächter über dem Land thront, kam im Jahr 1883 ein Kind zur Welt, das später mit Worten malen und mit Farben dichten sollte: Khalil Gibran.

Seine Kindheit war arm, doch reich an Eindrücken. In der rauen Schönheit seiner Heimat, in den Stimmen der Berge und dem Licht, das sich durch Zedernzweige brach, erwachte früh ein Empfinden für das Unsichtbare – für das, was zwischen den Dingen lebt. Gibran war das Kind eines unsteten Vaters und einer starken Mutter, die ihn schon früh lehrte, dass Würde mehr ist als Besitz und Liebe stärker als Angst.

Als er zwölf Jahre alt war, verließ die Familie das Land seiner Geburt. Die Reise führte sie über das Meer nach Boston – in das Herz der Neuen Welt. Der Junge, dessen Name im Arabischen „der unsterbliche Freund" bedeutet, fand sich in einer Welt wieder, die lärmte und drängte, fremd und zugleich verlockend war. Die schlichten Straßen der syrisch-libanesischen Diaspora in South End wurden sein neues Zuhause, und doch blieb sein Herz geteilt – zwischen den Bergen des Libanon und den Schluchten der westlichen Moderne.

Er lernte früh, sich zwischen Sprachen zu bewegen wie zwischen Atemzügen. In Beirut studierte er klassische arabische Literatur und Philosophie, in Boston vertiefte er sich in Shakespeare und Blake. In Paris schließlich – im Atelier von Auguste Rodin – formte sich sein künstlerischer Blick. Dort wurde er nicht nur zum Dichter, sondern auch zum Maler mit eigenem Stil: von Symbolismus und Mystik durchdrungen, vom Inneren geleitet. Über 400 Gemälde, Zeichnungen und Skizzen stammen aus seiner Hand – stille Porträts von Seelenlandschaften, die oft dieselben Themen berühren wie seine Schriften: Einsamkeit, Auflösung, Erlösung.

Die Kunst war für Gibran keine Flucht, sondern eine Form der Offenbarung. Er sagte einst: „Ich male die Seele, nicht das Gesicht."

Und so begegnet man in seinen Bildern weinenden Engeln, schwebenden Gestalten, verschlungenen Paaren – dieselben archetypischen Kräfte, die seine Texte durchziehen.

Doch sein Leben war nicht nur von Inspiration gesegnet. Schon früh traf ihn das Leid mit voller Wucht: Innerhalb weniger Jahre starben sein Bruder, seine Schwester und seine Mutter. Zurück blieb ein junger Mann, allein, mittellos – und zugleich von einer inneren Stimme getragen, die ihn immer weiter trieb.

In New York fand er schließlich seinen geistigen Heimathafen. Dort entstand sein Werk in der Tiefe der Einsamkeit, dort war sein Kreis der Mahjar-Dichter, der Exil-Autoren, dort auch seine vielleicht größte geistige Gefährtin: Mary Haskell, die ihn förderte, korrigierte und bewahrte.

Gibrans Leben war ein Pendel – zwischen Ost und West, zwischen Kunst und Mystik, zwischen Klarheit und Ekstase. Er lebte wie ein Wanderer zwischen zwei Ufern, und doch schuf er Brücken, die bis heute tragen.

Als er 1931 starb, 48 Jahre alt, hinterließ er ein Erbe, das sich nicht in Biografien fassen lässt. Denn Gibrans Leben war selbst ein Gedicht – fragmentarisch, leuchtend, und voller jener feinen Risse, durch die das Licht fällt.

DER JUNGE GIBRAN – ZWISCHEN AUFBRUCH UND REBELLION

Khalil Gibrans Worte waren von Anfang an mehr als Sprache – sie waren Widerspruch, Verheißung und Befreiung. Als er zu schreiben begann, war seine Stimme noch jung, doch voller Feuer. Er schrieb mit dem Herzen eines Rebellen und dem Blick eines Mystikers – und schuf Texte, die in der arabischen Welt leise wie ein Gebet, aber tief wie ein Donnerschlag klangen.

Rebellische Geister (1908) war sein erstes öffentliches Aufbäumen gegen die Schatten der alten Welt. In diesen drei Erzählungen wetterte Gibran gegen die heuchlerische Moral, die Käuflichkeit der Religion, die Gefangenschaft der Frau. Seine Figuren – oft Frauen, gebrochen oder flammend – standen nicht nur für individuelle Schicksale, sondern für ein Kollektiv aus Schweigen und Unterdrückung.

Er schrieb nicht mit erhobenem Zeigefinger, sondern mit der Flamme eines inneren Leids. Der Aufruhr seiner Worte kam nicht aus politischem Kalkül, sondern aus Mitgefühl, aus Sehnsucht nach einem menschlicheren Dasein. Die arabische Gesellschaft, konservativ und patriarchal geprägt, wusste nicht recht, wie mit diesem jungen Mann umzugehen war, der die Heiligkeit von Kirche und Familie infrage stellte – und es dennoch mit der Anmut eines Dichters tat.

Dann, 1912, erschien *Gebrochene Flügel* – sein erster Roman, der keiner war. Denn auch diese Geschichte war mehr Gleichnis als Erzählung, mehr Gesang als Bericht.

Die Liebe zwischen dem Erzähler und Salma Karamy war zart und rein, und gerade dadurch ein stiller Aufstand gegen die Institution Ehe, gegen eine Kirche, die nicht segnete, sondern forderte, und gegen eine Gesellschaft, die Ehre mit Gehorsam verwechselte.

Salma wurde zum Symbol – nicht nur der gebrochenen Frau, sondern der gebrochenen Hoffnung auf ein Leben in eigener Bestimmung. Ihre Flügel waren die Träume einer neuen Generation, die im Licht aufsteigen wollte und im Schatten der alten Ordnung zerschellte.

In der arabischen Welt fand *Gebrochene Flügel* einen fruchtbaren, aber aufgewühlten Boden. Viele junge Leserinnen und Leser sahen in Gibran einen Vorboten neuer Zeiten. Doch konservative Kreise sprachen von Blasphemie, von westlichem Gift. Gibran hörte es – und schrieb weiter.

Auch in der westlichen Welt blieb sein Werk nicht unbemerkt. Vor allem in der syrisch-libanesischen Diaspora Amerikas wurde er gelesen, verehrt, manchmal auch missverstanden. Die Mahjar-Literatur – jene Bewegung von arabischen Autoren im Exil – fand in Gibran eine Stimme, die ebenso persönlich wie universell war.

Er war nie Teil einer Schule, nie Theoretiker, nie ideologischer Prophet. Und doch sprach er von Freiheit, wie nur ein Suchender es vermag. Seine frühen Werke tragen noch das Vibrieren eines jungen Herzens, das aufbegehrt – und sie bilden die Grundlage für den Gibran, der später nicht nur schreiben, sondern die Seele der Menschheit zum Klingen bringen würde.

Er war ein Rebell – aber kein lauter. Kein Kämpfer mit Bannern, sondern einer, der mit seinen Figuren kämpfte. Ihre Liebe war seine Revolte, ihre Tränen sein Ruf nach Wandel. Und so steht *Gebrochene Flügel* bis heute als eines der frühesten Werke arabischer Literatur, das weibliches Begehren nicht nur beschreibt, sondern ehrt.

In Gibrans frühen Worten wächst eine neue Sprache heran: die Sprache der Freiheit, der inneren Wahrheit, des leisen Mutes.

DIE SPRACHE DER SEELE – VON GEBROCHENE FLÜGEL ZU DER PROPHET

Man sagt, die großen Dichter schreiben nicht nur mit Tinte, sondern mit Licht. Khalil Gibran war ein solcher Dichter. Er schrieb nicht, um zu erklären – sondern um zu erinnern: an das, was in uns schlummert, still wie Wasser und tief wie Zeit.

Schon in *Gebrochene Flügel* schimmerte diese Sprache auf – eine Sprache, die zugleich einfach und erhaben ist. Sie redet nicht über die Liebe, sondern als Liebe. Sie klagt nicht über das Leid, sondern trägt es wie eine Lampe durch das Dunkel. Sie beschreibt keine Welt – sie erschafft eine.

Und doch war es erst Jahre später, in einem anderen Buch, dass Gibrans Stimme ganz zu sich selbst fand. Als 1923 *Der Prophet* erschien, war es, als hätte sich die Seele eines ganzen Zeitalters in 26 Kapiteln gesammelt: über Liebe, Arbeit, Schmerz, Freude, Kinder, Freiheit. Jedes Kapitel ein Strom aus Gold und Feuer – geschrieben von Almustafa, dem Weisen, der auf einem Schiff wartet und spricht, ehe er geht.

Der Prophet ist kein Roman, keine Predigt, kein Traktat. Es ist ein geistiges Manuskript – getragen von Rhythmus, beseelt von Fragen, die größer sind als der Mensch, und Antworten, die sanfter sind als jedes Gesetz. Gibran schuf damit ein Werk, das in mehr als hundert Sprachen übersetzt wurde, das in Wohnzimmern und auf Beerdigungen gelesen wird, das auf Postkarten zitiert und in Herzensnot hervorgeholt wird wie ein stiller Freund.

Doch *Der Prophet* wäre nicht denkbar ohne die zarten Vorstufen – ohne *Gebrochene Flügel*, ohne das Ringen mit der Welt, ohne Salmas schweigende Stimme, die zur geistigen Melodie wurde. Denn in beiden Werken geht es um dasselbe:

Um die Suche nach dem, was wahr ist – auch wenn es uns bricht. Um die Freiheit der Liebe – auch wenn sie uns geraubt wird. Und um die Würde des Menschen – auch wenn die Welt sie vergisst.

Gibrans poetische Sprache ist kein Ornament, keine Zier. Sie ist Substanz. Sie ist das Atemholen der Seele in einer Welt, die zu oft den Atem anhält. Er schreibt in Bildern, aber nie im Nebel. Seine Metaphern sind klar wie Quellwasser und tief wie Brunnen.

Er schrieb in einem Brief: „Ich bin ein Maler der Worte und ein Schreiber der Bilder."

Und genau das war er: ein Brückenbauer zwischen Schrift und Form, zwischen dem gesprochenen Wort und dem gemalten Blick. Seine Gedichte, seine Prosa, seine Bilder – sie sind Fragmente einer größeren Vision. Einer Vision vom Menschen, wie er sein könnte: frei, liebend, aufrecht.

Wer heute *Gebrochene Flügel* liest, liest nicht nur eine tragische Liebesgeschichte. Er liest das Vorspiel einer ganzen Weltsprache – einer Sprache, die aus Schmerz Hoffnung macht, aus Verlust Würde, aus Stille Gesang.

Gibrans Werke bleiben. Weil sie nicht bloß gelesen, sondern gespürt werden wollen. Weil sie nicht bloß erzählen, sondern erinnern. Und weil sie uns lehren, was es heißt, Flügel zu haben – selbst dann, wenn sie gebrochen sind.